文字，我的另一種存在

渡渡 著

南溟出版基金

鵬之徙於南溟也，水擊三千里，摶扶搖而上者九萬里。

——莊子《逍遙遊》

南溟出版基金之創立是為了紀念蕭宗謀先生。蕭先生任世界書局總經理多年，對台灣出版界貢獻良多，曾因領導出版《永樂大典》流失於海外的珍貴佚文而獲金鼎獎，臨終得見《四庫薈要》面世，含笑九泉。

本基金以資助澳洲及新西蘭華文作家出版其作品為宗旨。凡在澳洲及新西蘭以華文寫作者，均可申請。

特此鳴謝南溟出版基金資助本書出版。

謹以此書

獻給

父母親

不忘他們已遠去

且成為了歷史的歲月

渡渡・存在・文字

杜之外*

渡，從此地到彼岸。一葦渡江遠渡重洋飛渡關山萬里渡河汾野渡無人舟自橫渡遠荊門外渡頭餘落日。行行重行行，人生，是一線渡，渡渡復渡渡，驛站到驛站，這一驛在此，下一驛在哪？上聯已好，下聯未卜。人生驛旅，三數十年，雨過天清，一輪圓月。

存在，是在此的可見可觸，也是在彼的可知可念。低頭思故鄉所思在遠道慨然思古人清風明月苦相思碧水清山無限思，皆不存於當下，卻在於思念。在此的剎那當下存在是真切與實在；在彼的超越時空存在是無限思念與想像。

文如其人文以載道言歸文字外。文字，是作家從客觀事象表達主觀意念的媒介。主觀與客觀，意念與事象，互為指涉，互為渾然；寓情於景，以景寄情，情景交融，意即象象即意。在字裡行間，進作家之情而入其意，繼而超越文字，延伸其意至無限遙遠的聯想，建構各自的情，各自的意。

渡渡，經歷了悠悠的歲月，存在於幾許的過渡，遊走在萬千的文字，穿透著無數的意象，寄其情，表其意。意，在當下，也在遙遠；在文字之內，也在文字

*杜之外，香港知名水墨畫家。

之外；在秦時月漢時關，也在今天情明日景。渡渡存在文字，寄於意象，存於文本，在於無限延伸聯想。

自序

文學是甚麼？

很大的題目，在我看來，文學等於寂寞，若經不起寂寞，就不要「玩」文學。最好，最好有份本性，是能夠「享受」寂寞，我呢，至少不以寂寞為苦。

集裡大多的作品，或寫於深深的夜，後院蟲鳴唧唧，或清清的早，遠近景物廓然未清，很多很多人的夢外，我一人獨對電腦屏幕，以前呢，則是一張一張的「原稿紙」，紙上一格又一格，像待哺的嘴巴，待我的填餵。四處無聲，也似獨對天地，是一份悠悠然的無所欠，如果問：「文學有甚麼用？」這種力拒身旁喧擾而沉靜舒恬的自足算不算是「用」？

不要誤會，我不是只一面倒傾斜於寂寞，跟朋友說笑暢談，談得熾熾烈烈時，我可以全情投入。人生便該是如此，有獨自的無言，有眾人的熱鬧，缺一，是不完整的，不成熟的，兩者兼備，始是實實在在的滾滾紅塵。

這本書，有我紅塵裡的步履，也有凌越紅塵之上的一番思緒。

十多萬字，可見到寫逝去的親情、寫小時候的日子、寫仍縈迴腦海的往事、寫熟悉的舊時朋友，夠了？沒有眼前的嗎？生活僅僅是回憶過去？「棄我去者昨日之日不可留」，李白的說話是「硬」了一點，軟性些吧，溜走的歲月就讓它輕輕溜走。回首之餘，向前看看今朝，寫如今身之所在的墨爾本，不管是大事是小事，即使是洗衣房裡的一隻蟋蟀，湖畔一行時的一隻喜鵲都有其大千世界，都是今日的我，行程走到這一驛站的我所捕捉的事事物物，彼此相對相看，寫罷，先求娛己，也望能娛人。最基本的是我沒有騙自己，老老實實的方塊字，對所見所聞的諸多感懷。人，總不能麻木的。

足球，可以寫；春節過年，可以寫；長文，可以寫；短文，可以寫，甚麼都可以寫，「寫」是不離人，只怕是我們對人對事的視而不見，聽而不聞，之所以不能見不能聞，大概是因「生命的敏感度」不足。一如東郭子問：「所謂道，惡乎在？」問得好，在甚麼地方？莊子似若沒有答案的回答是：「無所不在。」也像武俠裡的世界，凡拿到手的，管它是劍是刀是枝是葉是無以名之的東西，一揮出去，皆可以成為取勝的武器，這是考驗個人的武藝，文學呢，是考驗我自己的「人文情愫」。字裡行間，有輕抒抒而去，有直滔滔而來，此「抒抒」此「滔滔」，可看到我的經營，或苦心，或信手拈來，而其相同處則是情感的流瀉，如果情不真感不實，散文，寫來幹甚麼？

「卷六」裡的主角是我對面的鄰居，天之涯海之角的茫茫人海，竟不期而碰上，除了大家珍惜外，還有甚麼可說？「卷十一」寫我當日的回港，寫兄弟之情，兩人何以能成為兄弟，是所謂「天意」吧。「卷十二」是認識或不認識的人的〈人物篇〉，為甚麼大家能夠巧遇，不管在何時何地，歸納兩個字，就是「玄妙」，「天意」與「玄妙」還不是同樣一說，說天下間很多事，我們是無法掌握，偏偏一個「緣」字，卻把大家拉在一起，一起後又可能不知甚麼時候甚麼因由而各散東西，活似春夢一場，我們能做甚麼？唯有心之所安地隨己的本性而行。壓軸是十三篇的

〈餐館手記〉，假如，不是移民，怎可能出產如此的作品，視野也不可能有這樣的拓展，如果，不是到了一把年紀，伸出的觸角是長了一點遠了一點，腕下這樣的題材，會容易輕輕漏掉。

從另一角度來看，傳統的「中國哲學」的精神，或顯或隱，或多或少地流露在我不同的章節裡。「現代文學」只限於是外文系的「專利品」？好像，它與傳統是不兩立的敵人，我們該要怎樣吸取五千年文化的精粹？當然，不是「說教」，不是硬生生的「文以載道」，不是成為「哲學的附庸」，如何相攝相融，增添新的營養，帶來新的血液，這是值得我們的深思。

當前這時代的起居生活，似乎，我們都是趕啊趕，都是「物」啊「物」，好像除了這些，就甚麼也沒有了，甚麼也不談了。期待的，我們還應找回另外的一面，只因我們是人。

文學，可以是我們「另外的一面」的園地，但大前提，我們是否「不甘心」？不甘於人只一味走向飲食物慾的「單程路」。

〈渡渡·存在·文字〉乃舍弟以美學之思，以哲學之慧來抒寫，寫我的一點心路歷程。言有盡，字亦有所限，「盡」與「限」以外的天地，讓「有心人」馳騁遨遊吧。

謝謝南溟出版基金，謝謝諸位評審委員。

目次

卷十三

卷一

慟

——永懷　父親

父親，你老人家終於靜靜地離我們而去。

遺憾的是我遲來一步，未能看到你老人家在世上最後的一面，不過，仍稍覺安慰的是你要走的時候，母親、姊夫與弟弟都侍床在側，更且你老人家去得如此安詳恬靜，於此，除感謝上天以外，這也實由於你老人家數十年來對兒女以慈愛，對人以忠厚，對家以盡其責所積下來的福蔭。

那晚，我臥在床上，腦裡竟成空白，很多很多東西模糊成一片，幾十年來的種種，教人如何能在一夜間整理成一段一段的秩序呢？

近年來的光景裡，你老人家的精神已大不如前，往日，我們回家時，你必定興致勃勃，拿起報紙暢談家國大事，但近日就算我故意引說，你老人家都只是隨便地回應幾句。正月初七的黃昏，我回家進門時，驟然沒看到你老人家坐在常坐的籐椅裡，即意識到事情的不妙，果然，見到你老人家躺在床上，神色呆滯，說話不大清楚，晚上，吃飯時手也不能挑飯，我和弟弟分別餵給你吃，一湯匙一湯匙地，總算侍奉你老人家在塵世裡最後的一頓飯，然後，替你抹拭身體也是十幾年來最後的一次。

年初八的一大清早，母親便打電話過來，我急忙地一口氣衝回家，當看到你老人家時內心更頓然沉墜，對於你情況的變惡，我們都默不作聲，彼此以凝重的臉容相對，你老人家已不能說話，但心裡仍是很清醒。不久，姊姊、姊夫等陸續回來，到了「博愛醫院」，四哥也趕來，當幾個孫兒圍著叫喊你老人家時，你微微綻開笑意，似是無限的喜慰，而且，還是那樣的慈容。

那幾天，我們一天去看你老人家三次。自我懂性以來，父親，你從未離開過我們，年年月月復月月年年，你老人家都堅守著你勤奮裡使我們安居的這個家，況且數十年來撫育呵護，渺小的「一天三次」又能代表甚麼？不過是心之所安而已。每次，你老人家都昏昏迷迷，但我肯定，你是知道的，知道我們捨不得離開你，一如你捨不得離開我們。

父親，對於你老人家那一代的中國人，我往往除了尊敬外，更加上點點的絞痛。時代與歷史的遽變，你們毅然肩負起來，離開一草一木都熟悉，日夜都縈懷的故鄉，八千里路雲和月，途中多少人跌倒，多少人無語哭蒼天。父親，你們的臉就是一帙帙的史卷，滿是斑斑血淚的史卷，但仍湧流著炎黃子孫的源流，湧流著民族的生生不息，湧流著忠孝仁義，屢經風風雨雨卻始終不斷，雖然很多目不識丁，但無損其頂立於天地。

父親，所以，在你老人家身上，我引證了中國文化的根，那人性心深處的「孝」。

那年，從鄉間輾轉寄來祖母的照片，水漬暈黃且濛濛白白，但你卻珍而惜之，像尋回了久失的寶物，立即給街頭的畫師繪畫放大，然後戴上眼鏡屏神凝坐，用毛筆字字工整地在相旁寫下你老人家積存已久的哀痛：

「母親三十三歲，我父去世，家徒四壁，親戚離疏，我兄弟二人年齡稚幼，生活無依，幸賴母親一力支持，提攜撫養，以教以育備極辛勞，我以為長大成人以報慈母養育之恩，不料民國三十年，日本軍閥發動大東亞侵略戰爭，佔領香港後，廣州與香港間交通阻隔，我接濟不周，於是母親死於凍餓。嗚呼，不但劬勞未報，從此一別永離，豈不痛哉。」

一字一淚，國難家難夾纏而來，父親，你們的一代就是血淚與憂患的一代。

父親，你老人家沒有留下甚麼的話語，但早已說在平日諄諄的教誨裡，也沒有留下值錢的財物，但卻給了我們更精神的東西。這些日子，我都細看了好幾遍，尤其在更闌人靜的深夜，那是一本用隸書寫的《國父遺囑》，兩本你老人家用心剪貼的剪報，一本經常翻查的《分韻》，幾冊你老人家盡花心思的《逃難回憶錄》，這原是你老人家生前的願望，希望以後的歲月裡我們兄弟四人每人能擁有一冊，可是，晚年因精神關係，除了其中的一冊寫成外，其他三冊仍只是開了頭的幾段罷了。還有的是幾張用宣紙寫的書法，筆氣淋漓蒼拙，有些是教我們待人處事：「天下之事不如人意者固十常之八九，總在要容忍耐煩勞怨不避，乃能期於有成」、「不經一番寒徹骨，怎得梅香撲鼻香」、「應非常事貴從容」。有些是你老人家對家國的情懷，像〈羊年除夕有感〉：「旅外沉思獨不眠，既往時艱很淒然，故鄉今日思千里，不見親顏四二年。」

父親，你老人家昔日在鄉間不過讀了四年的書塾，但在以後動盪的時代裡卻能掌舵自己的方向，不偏不倚，堅毅奮鬥，最艱苦的時候也就是最挺立的時候，家裡一次又一次的窮困都安然渡過。「上圍」的工作之餘，你不抽煙、不喝酒、不賭博，一生謹慎，常以朱柏廬先生的治家格言為生活的座右銘，又把中國古哲聖賢的名訓寫好，叫五哥用雕刻刀刻在膠板，掛在牆上，教我們日夜牢記，像：「生於憂患，死於安樂」、「憂勞興國，逸豫亡身」。閒來，閱報練字更是你老人家最大的娛樂，報上的「山川人物」專欄是你知識與生活情趣的泉源。父親，你常說：「字乃人之衣冠」，幾十年來，只要有空，便筆不離手，你老人家的小楷端雅秀麗，觀者無不稱讚，「顏體」及隸書的《曹全碑》是你的至愛，尤其近人譚延闓先生跟胡漢民先生的書法最為你生前所樂道，所以，那年，弟弟去台灣旅遊時所購的《麻姑仙壇記》，你也惜之如玉。

父親，小時候，我們幾兄弟姊妹都愛在晚上圍坐一起，聽你老人家細說故事，每每，情至濃時，你總是聲情並茂。故鄉往事，常使你那樣地俯首低迴，中國近代史一節一節刻骨的恥辱，更令你老人家傷感激昂，尤其八年抗戰，「如果戰端一開，那就是地無分南北，年無分老幼，無論何人，皆有守土抗戰之責任，皆應抱定犧牲一切之決心」，這是既情理交融也慷慨悲壯的「廬山宣言」，父親，你一講再講，從小，就讓我們體認到民族的苦難與氣節。

父親，這陣子，我都深夜起來，憶懷你老人家過往的點點滴滴。

今夜，我又掀開你老人家那冊《逃難回憶錄》。翻著翻著，忽爾，「頓悟」似的，我一下子便無隔地觸摸到中國鄉間老百姓內心的那股沉實，一比，近代不少知識分子卻失之於輕浮。父親，你老人家只不過是悲痛歲月裡的一介小民，但近百年來的血淚，你何以「義無反顧」地流在自己的臉上？在《逃難回憶錄》裡，你說：「空前未有的龐大災難，唯有狼狽地拖男帶女，覓地走難逃亡。見山爬山，見水潛水，見路跑路，可謂生死關頭，在此一分一秒鐘之間，生則生，死則死，沒有選擇的餘地。孟子云，老弱轉乎溝壑，壯者散而之四方，此之謂也。」父喊子，兒呼母，一幕一幕的悲悽苦難，使你老人家一直痛恨侵我河山的日本軍閥。

加之，遍地烽火，迫使你老人家不得不離別生長的故鄉，夢裡猶牽腸掛肚的故鄉：「該班火車，開下午五時二十分，開了車有五分鐘之久，我尚回顧廣州，尚念念不忘，不知何日何時有重回之一日，難捨難離。」我們，是到死仍想把落下的那片枯葉飄回故土的民族。「杜氏大祠堂建設得古色古香，內部很闊大，由門口進入，內有三進深，頭一進到天階，左右便有兩株大柏樹，相信有五百年之久，地方清潔，空氣清新。第二進是議事廳，第三進是列祖列宗的太公神主牌座位，整間宗祠是坐北向南，門口對開，有一條三四十尺闊的淡水河，來往船艇極為利便，交通很暢通，成為一河兩岸的大動脈，每年端午節，賽龍舟，非常熱鬧。大山鄉，整條村計，地面版圖遼闊，可謂名鄉大族」、「每年清明節，移居出外的農民，均紛紛回歸祖鄉，慎終追遠，踏青掃墓，是以清明節期間內，市面茶樓酒家及鮮魚肉類蔬菜等等生意均比往常增多幾倍。」我們也是如此飲水思源的民族。「而我的先祖，舉家移往本邑鄰鄉員崗村，與崔姓混居。」中華民族早已習慣了，習慣外面的風風雨雨。

父親，此刻，是凌晨三時多，屋外，一片寧謐，但當我掩卷之際，彷彿，仍聽到百多年來的砲聲哭聲喊爹喚娘的悽然聲。

父親，你老人家在晚年看到我們兄弟姊妹成長，孫兒成群，這是你老人家一生辛勞的成果，我能多讀一點書，在我們如此貧困的家境，父親，我還有甚麼可說呢？這些年來，我儘量了解自己，儘量擦拭沾了塵的心鏡去觀照一切，也儘量認識自己應居的位置。父親，天地無言，我唯有向你老人家在天之靈一拜再拜。

父親，你老人家去了的那幾天，天色灰灰暗暗，但舉殯當日陽光普照，親朋戚友都來向你致最後的敬意。父親，你當年孑然一身，來到寂寂寞寞的元朗，前路如此荒涼，而背後還要烙刻著中國人傷心的故事，你一一把它們啃起來，蒼天神祐，三十多年來，你老人家都沒有甚麼大病痛，也從不叫苦，如今，樹葉成蔭，你不用記掛甚麼了。

父親，你老人家的遺體已火化成灰，此後，無盡的歲月裡與青山綠水為伴，與天地萬物為一。你老人家那一輩憂患的年代終隨歷史隨清風消逝，但要來的歲月，誰敢說必是太平必是盛世？想崎嶇、不安必會出現任何年代，父親，你老人家那番奮鬥苦幹的精神，定昇華為一種永恆，雖然，陰陽一隔，仍當與我們長相左右。

父親，姓杜名聯，字光培，生於光緒二十九年（一九零三）農曆癸卯年二月十三日子時，終於一九八四年，農曆甲子年正月十二日申時，享年八十一歲，兒孫滿堂，福壽全歸。

奔喪
——永懷　母親

正月初二中午，弟弟從香港打電話來，說醫生告訴他們，母親大概已不行了，會隨時離去，要他們有心理準備。我回應道：

「好，我儘快趕回來。」

放下電話，即時間一股莫名的哀傷湧起，橫梗在心胸，久久不散。立即聯絡也在澳洲的四哥，看看能否一同回去。

打電話到旅行社查詢機位情況，旅行社說回香港的話，出票是沒有問題，但由香港回澳洲，因為是農曆新年之後，亦是留學生趕著開課的時候，十九號（農曆正月十五）之前應該是沒有回來的機票了。不管怎樣，抱著先回去才算的心理，以後的事見一步走一步吧。

正月初三早上，一如以往，很早便到了工作的地方，打電話給嫂嫂，說好了我會替四哥買機票，兄弟二人一起回去，再給妻子電話，叫她為我們買機票。誰知，她說：

「你弟弟剛剛打電話來，說老人家已於凌晨走了，如今不如安排好一切才回去。」

放下電話，霎時間，淚水忍不住地奪眶而出，雖然，明知道這是人生必然的歸宿，且母親都快九十歲了，近年來打電話回家閒談，總是問及她的健康情況，兄弟二人也知曉老人家終必有隨大化而去的一天，不過，人性與親情始終是千古不易，生離死別，人世裡有多少人可以灑脫放下？

這年多來，母親已住在安老院，有專人照顧，臨終前因身體不適才進醫院。年初一晚，在電話裡與弟弟拜年時又談及母親，他說，總的而言還是一般，只是呼吸有點困難，醫生認為這是因肺部問題，正抽取有關組織去化驗。老人家的思維仍是十分清晰，當弟弟餵她時，她說：

「阿十（弟弟的乳名），你小時阿媽餵你，現在阿媽卻要你餵！」

弟弟輕輕道來，我卻感慨萬千，為人子的我也應在此時一盡反哺的責任，只是千里迢迢，不是一跳上車就可以立即回去，在港的哥哥、姊姊、姊夫、弟弟等等都勞心勞力，在地球另一端的我，有心無力裡夾著無可奈何的遺憾。

九七年回港一行，主要就是想看看老人家，返回澳洲起機前一刻，我看時間還可以，特意到弟弟家裡，跟她聊了二十多三十分鐘，我告訴自己，這很可能是母子間最後一次面對面的娓娓而談了。到了機場，辦好手續，我再打電話給她：

「媽，我要上機了，好好保重。」

說罷，我只能用「悲從中來」形容自己，也明白這樣的一別，不知何時再可相聚？

母親住在安老院後，連在電話裡和她談天的機會都不容易，只是那一次因停電，姊姊帶她回家，立即給我電話，我又剛好在家，如此的通話竟成了「絕話」。父母劬勞，要報的，又能報多少？天地悠悠，草木無聲，為人子女在他們生前無忤逆不孝之心，無愧於良知便算了。

弟弟奔波安排好一切後，正月十五我就與同在墨爾本的四哥一起回港奔喪，昔日，窮困的年代，為了幫補家計，四哥十四歲就在外幹活，從來無怨無恨，這是我們所敬重的，兄弟間鮮有如此的機會好好閒聊細說，趁著八、九個小時的行程，我們一直談個不休。傍晚，飛機抵達香港新機場，下機、取行李、過海關，折騰了約一個鐘頭後就步出機場，弟弟早已在機場大堂等候，兄弟二人相見微微一笑，很多事情大家不言卻心裡明白，母親去得安詳，彼此的內心是另一種的釋然。

正月十七母親舉殯那天，所有的親戚都來了，來送她最後的一程。靈堂上寫著「九十有餘」，母親生於癸丑年（一九一三）十二月十四，終於庚辰年（二零零零）正月初三。母親自小就失去雙親，也由此養成吃得苦與及堅忍不拔的性格，嫁給父親後遭逢時局的巨變，輾轉間逃難到無親無故，陌陌生生的元朗，只憑他們硬拚的精神，縱是兄弟姊妹眾多的我們，灰暗無色的歲月裡，我們卻從沒有挨過一天的餓。我所見到的是，每天，母親都挑著兩個載衣服的籃子，走幾十分鐘的路程，走到元朗谷亭街，人家的鋪前，那也是她埋頭苦幹的地方，把衣車從較遠的寄放處抬出來，擺好、坐下、低首、彎腰，兩腳踩啊踩，不管春夏秋冬，除了大風大雨除了大時大節，一踩一踏的聲中，二十多三十年的時間無言消逝，就像流水。後來，哥哥、姊姊漸長，出外做事，遇到天雨，才會因「特別的日子」而休息，偶爾，乘這時間的空隙帶我和弟弟到「元朗娛樂場」看兩場黑白的陳舊粵語片，那就是我們三人歡樂的一天了。

母親曾得過肺結核，己助人助，自己咬緊牙關的苦撐，再加表姊的鼓勵幫助，終於安然渡過最艱難的境況。與父親比，父親是忠厚、憨直，但論聰明、變通，母親是在父親之上。

人生途上，母親以八十七歲的高壽劃下句號，躺在棺木，靜靜地，就如睡了覺一般，我們沒有嚎啕大哭，只是默默然，幾十年來的辛勤，她所經歷過的那些艱困日子，身為兒女的我們是最清楚不過的。到了火葬場，由四哥伸手一按，熊熊火焰中她的身軀慢慢化為灰燼，但自小對我們的呵護提攜，這種恩情又怎會隨煙灰而滅掉，在我們的腦海裡。據弟弟說，她彌留之際，兒女孫兒們都在她身旁，當叫著她時，她的嘴角扯動一下，似回應著大家，最後，姊姊說：

「媽，這也是你該好好休息的時候了，辛勞了一生，安心去吧！」

母親的眼角竟即時淌出了淚水。

人世裡最人性的東西莫如父母子女間的親情，臨去的當下，大概母親最記掛的還是我們，也一如我們同樣的心情，生命有結束，精神卻可長存，浩浩無極，歲月無盡，無形的思念，永懷母親。

那天，辦完了這最重要的事情後，我們都回到弟弟家，弟弟把準備好的東西放在袋裡分給我們，那是鑲上相架的母親遺照、一盒母親生前弟弟為她錄製的「母親郭蓉傳」卡式帶。前幾天夜裡，我用心聆聽，弟弟是以訪問的形式，母親口述而答，細訴了她的大半生，雖然，母親晚年的聽覺不大靈光，也不良於行，但她的記憶力依然不差，她所遇過的人或事，仍能從頭到尾說出來，絕不會顛倒混淆，我們幾兄弟姊妹的出生日期、時辰，她一點也不會弄錯。

父親大去時，留給我們而又最值得我們珍惜的是他一手親寫的《逃難回憶錄》，如今，再加母親這卡式錄音帶，兩位老人家雖已不在人世，但要追憶思念時可讀其字聽其聲，也就宛如見其人了。
何其巧合，父母親同是在正月離去，有人說這是夫妻緣。那天，跟弟弟閒談，他說，母親去後的某天，他在家裡朦朧入夢之際，似乎，忽然聽到父親的叫聲：
「喂，阿蓉（母親的名字）來這邊！」
希望他們在遙遙迢迢的另一國度裡再相逢。
人死後會如何如何，這是宗教的主要課題，中國傳統的「生命的精神」並不焦點於此，人的一生該怎樣自我完成始是做人的大考卷。我看到的是母親堅實的一生，為她所嫁後的家，為她所生的兒女努力苦拚而不悔不怨，這亦是中國傳統女性看似柔弱纖纖，另一面，卻是剛毅堅強。
近來，不管閒著與否，偶爾，會想及母親過往的一些片段。還記得七、八歲時的第一天上學，母親帶我去，操場上哄哄鬧鬧，我卻一臉惘然也惶然，剛好見到一相識的高年班同學，母親立即對他說：
「××，麻煩你告訴阿文（我的名字）廁所在哪裡？」
叮囑了幾句，她就匆匆離去，匆匆趕她為一家生計而苦幹的工作。
四十年前的這一幕，彷如發生於昨日，老實說，父親去時我自己仍夾雜點點的「激情」，這回與母親的永別，快半百的「知命之年」，很多事是能「淡」一點以對。兩三天後我乘夜班機回墨爾本，前後在香港的五天裡，一直都是下著毛毛粉雨，似冷不冷，一出門就開傘，擦臂碰傘盡是不識的途人，這彈丸之地，該怎樣適切形容？父母生我育我，我生活了四十多年的地方，這份深情，我可以一揮而去嗎？那晚，送我的仍是弟弟，他帶了一對兒女來送伯伯的機，依然是寒風微雨，偌大的機場並不怎樣的熱鬧，辦好手續，在機場隨便走了一走，請兩個小孩吃點雪糕。時間差不多了，小孩也要早點回家，臨走當下，我跟弟弟緊緊握手，不少情懷是語言所無法詮釋的。

父母親都已先後離我們而去，留給我們最實實在在且永存的，是骨肉相連的兄弟、姊弟，縱然，各散一方，但卻無損彼此間同屬於一個源頭的親情。

刻苦奮鬥的一生

——永懷　四哥

星期一，四哥的安息禮拜上，我簡述他的生平時，最後，以這四句：「努力勤奮，任勞任怨，無愧於家庭，無愧於朋友」作為他一生的注腳，這十八個字不是信手拈來的泛泛之詞，是幾十年來，作為弟弟的我所親眼目睹。

四哥十四歲小學畢業後，因家境不好，即放下書包，以幼小的年紀投身於刀光血影的社會，迎對永不平靜的人間風雨，那時，二次大戰之後不久，到處蕭條，要找一份工作，真的是談何容易。母親是在人家店鋪前擺下縫紉機替人縫補衣服，適逢這店鋪老闆康叔有親屬經營一家燒臘飯店，經母親央求，康叔問準他的親屬，親屬答應後，四哥就如此地踏上他人生硬拚的征途。

還記得，那一天，我坐在母親的縫紉機旁，康叔叫四哥上他的樓上，談了很久才見四哥下來，歲月雖如煙，這四十年前的一幕，像凝定的鏡頭，定在我的記憶裡。幾十年後的某日，把往事找回且想尋它的底蘊，我問四哥，康叔當日實在對他說了些甚麼？四哥笑說：

「不過是老生常談！」

當然，這「老生常談」的背後是長輩的一番訓誨之言，像做事要勤力，對人要有禮貌等等。大概，康叔也想不到，眼前這默默不語，帶點靦靦腆腆的鄉野小孩，以後的日子裡，一生的力爭上游裡，已超出了他所要求所期待，交出一張漂亮的成績單，在圈子裡掙得被別人所肯定的地位。

初時，不用說，做的是最低下的工作，包括晚上送「外賣」。月黑風高，寒氣刺人的深宵，他提著客人要的消夜，走在寂寂無人的街上，偶爾，「陪伴」他的，是某戶人家的收音機傳來陣陣驚悚的《夜半奇談》（時「麗的呼聲」的廣播小說名稱），此時，除驚怕又驚怕外，小孩的四哥只好咬緊牙關，踏著實地。我們漸長後，母親每每眼帶淚光地跟我們說：「睡在床上暖暖的被窩裡，想到阿鴻（四哥的名字）仍在外面送『外賣』，我不禁……」無懼艱困，沉著忍耐，是先天的本性也是後天的練就。他患癌的電療期間，我打電話給嫂嫂問他的情況，嫂嫂說，醫生嘖嘖稱奇，看他「人仔細細」（個子不高不健碩），但對治療所受的痛楚，竟忍得下來而沒有叫過一句苦，我立即回應道：

「阿嫂，你跟醫生說，我大佬（後來，我們弟妹間都以此既親切又帶敬意的稱呼來叫他）自小就吃慣苦，他早已練得不理痛楚為何物！」

他出來幹活時，我們都很小，並不了解甚麼，及後長大的日子裡，兄弟間時有相聚，彼此言笑一番，我才發覺，他那套東西，比如，與人交往，跟在廚房裡的「手足」相處，應剛時則剛，應柔時則柔，全是他在人海浮沉中所深深體驗出來，鏗鏘有力，不是書本文字上「不痛不癢」的白紙黑字而已，卻又合於某些權威理論。我們最最敬重他的是他的心胸，不因他自己少讀書而有所嫉妒，我們幸有機會可多讀點書，父母辛勞外，該感謝的便是四哥及姊姊了，無怨無悔，奮力向上，是他做人做事的作風。

我珍藏了一封信，三十多年前，我到台灣讀書，弟弟寫給我的，前面是說我初到陌生之地，當然不習慣，久了，必不成問題，然後叫我不用擔心，最後的一句是：「四哥已拿錢回家了。」一前幾天，我拿來重看，一時間千般感受湧上心頭而不能自已，我能說甚麼？甚麼話可以一語道盡？如今，兄弟幽明相隔，我只能永烙於心中。

靈堂前，坐滿了四哥生前的同事朋友，連後面也站得密密麻麻，我十分感激他們的心意，四哥自小在外，相識了不少人，更贏得他們的敬重，他們暫時放下手上的工作，面有愁容，而素白的大小花圈，表達了盡在不言中的內心之情。

臨終前，四哥在一張紙上寫下他心中的肺腑，他言一生中娶了個好太太。確實，嫂嫂用心用力照顧了四哥大半生，他們的一代，不必老是口頭上甚麼的「海枯石爛」，越患難，越見夫妻之情。於此，我是一謝再謝嫂嫂盡心盡意的辛勞。

個多月前，我到他家裡，嫂嫂弄了白粥、炒麵，四哥坐在我身旁，嫂嫂、姪兒等共一桌，我們一面吃一面聊，這是我們最後的一聚，也成為了我忘不掉的一幕。

四哥去得安詳寧靜，人世這一遊充實而亮麗。

永遠懷念，我的四哥，人人所稱的「杜師傅」。

脫稿於凌晨兩點多

卷二

蒸臘腸與炸生蠔

有時候，到唐人雜貨店買東西時會買一包粵式臘腸。一包十二條，塑料袋子壓接好，四四方方，十分方便。現代科技的腳步無遠弗屆，臘腸一經處理可以擺在任何地方，再不受時間限制，再不是冬天獨有的食品。

以前小時候，一到秋冬之際，就看見人家在屋外掛曬臘腸，一長條一長條地，在適當的長度處用繩子綁紮好，風吹過，臘腸就一盪一盪，陣陣肉香徐徐送來。不少賣臘腸的店鋪，大字寫上：

「天然生曬」。

現在的臘腸仍是「生曬」？我不清楚，但不管在香港在澳洲，即使是吃慣錢不菲的臘腸，都吃不出昔日的那種味道來。哪是甚麼的味道？香香的，經秋風吹過拂過，金黃的陽光蒸曬過，適當的日子醞釀過，如此這般混合後而沒有汙染的大自然風味，再加，當時物質的供給並不怎樣豐富，甚至貧乏，以每個人不是肚滿腸肥的胃口來細細品嘗，於是，一口咬下，輕濺而出的一點肥，結實堪嚼的一點瘦，甘美可口，至今依然不忘且無法尋回。

原來，太富足，每每，會使人不知物的本有味道；太煩瑣，往往，會對人的本性也失去。

某個晚上，餐館的客人點了個「酥炸生蠔」，一道不算怎樣特別的菜式，卻使我的回憶翻起點往事。

小時候家窮，但每年總會吃到一次。都是這樣的：某天中午放學回家，把鍋子打開，菜是特別的好，有肉、有炸生蠔。甚麼肉？記不起，炸生蠔呢，印象至今仍清晰，雖不是剛炸好，但還是酥酥的外層，裡面一點的肥美一點蠔的鮮味，多亮麗又特別的一天！

那時，蠔不是便宜的東西。

晚上，母親工作回來，問她，她說：

「今日，你阿爸生日。」

後來始知農曆二月十三是父親的生日，平時十分節儉，但到了該日，母親都會花點錢，弄點好的以作慶祝，他們那一代的愛情故事，簡單務實，是理所當然的休戚與共地直奔向前，不停不離，至死不渝。母親自己的生日呢？她從來沒有提過，直到我們成長出來做事後才為她祝壽。

相片

星期一，黃昏幹活回來，慣例推開信箱，厚厚的一個信封平躺著，我知道裡面是相片，是他寄來的，前陣子他在電話裡跟我說過。他是誰？三十二年前，「誤人子弟」的生涯剛出道時我班的「大班長」，辦事妥妥當當的「肥佬添」。

飯後、雜務之後燈下細閱，是他們，第一屆聯同第二屆的畢業生宴請昔日幾位老師。老師，當然，我認得，倒是他們呢，有些，「原來是他（她）！」有些，「對，是他（她）了，但忘記他（她）的姓名。」一看之際，心中來了連串的自問自答。有人說過，現代社會的步履匆匆，二十年已經是一個年代，那麼，三十二年就是快「一個半年代」了，若說，十年人事是翻一番，一九七八年至今則翻了三番有多，其間，世事變幻，歷史興衰，或大災小劫，或生意盎然，一回頭，原來它們在我們身旁不休地潮漲潮退，只是我們忙忙於生計，或者，追追逐逐於一種無以名之的東西，此刻，一經相片提點，才驚覺起來。別的不談，當日，他們的青絲，眼前所見的不少已白已稀，詩意一點說：「歲月就寫在他們的髮上」，時間的巨掌一拍而下，誰可逃避？

「誤人子弟」，並非全是說笑，想當日，自己也算是「年少氣盛」，粵俗俚語云：「料就麻麻，勝在落力」（料子就普通，勝於盡力而為），這正是自己的寫照，雖然，課堂上是口沫橫飛，其實，不無錯謬的地方，尤其站在今天，飯吃多了覺睡多了書多掀了一兩頁而言，譬如說〈出師表〉，倘讓我重返講壇，口沫肯定比以前更橫飛。如今，每次回港都會「騙」他們的一頓飯來吃，說來，有點吃之有愧。那年，奔母親之喪，來去五天，五天裡大多是細雨陰寒，上機回墨爾本的夕陽時分，「肥佬添」夫婦倆不聲不響地到新機場送我，師生之情盡在不必言之於口的內心裡。

這行業就是如此吧，想「發大財」嗎？要看個人的造化了，餬口以外，他們高唱驪歌之後，我仍可賺回一份「亦生亦友」的感情，於我來說，不是「亦師亦友」。縱使世道險惡，科技日新月異，但人性始終有其美好且永恆不變的一面。

舊同事，故鄉來

舊同事，怎樣的「舊」法？上世紀的八十年代初曾共事過一年，然後，我像一陣清風地自我吹走，約各自「精彩」的十載後再同任教於一中學，俗說：「十年修得同船渡」是緣，兩回的相遇是「緣上加緣」吧，更且，彼此自小都生長於「魚米之鄉」的新界元朗，幾十年來滄海桑田的變幻，不少人，不少事，他認識，我也亦然，塵埃四起的人生征途上如此多般的巧合，他遠道而來，我豈敢怠慢？

舊同事，故鄉來，哪裡的故鄉？

那地方，你叫「彈丸之地」，可以；你叫「曾經是歷史裡的夾縫」，可以；寫成「香港」，可以，也有人稱之為「香江」。

蕭老兄月前給我電郵，說將到悉尼探望他已出來做事的二千金，若來墨爾本的話，問我可否到時一聚？這還用說嗎，除了驚喜，我即覆上電郵，心裡就一直等他的消息。然後，好像杳無音訊似的，他忘記了？或有甚麼的變卦？我還是上班下班，還是看著天氣與時間的臉色而乖乖做人，但心裡仍然記掛著一件未做完的事情。

等著、等著，他的聲音終於來了，給我電話時說他跟太太到了悉尼，稍後聯絡。消息又再來時，是傍晚，他告訴我，他們參加了「local團」，早上來了墨爾本，正身在Philip Island，正吃著「fish & chips」，也正等著觀看後頭的好戲的「小企鵝回巢」。電話裡約好日子、時間、地點，我到城裡會他們。好幾年前，我曾預留假期，準備他來澳時，我們來個澳洲風味的敘舊，然而，那次，不知怎地告吹了，很多事是不能強求的，要等「外緣」、「內緣」適切地相遇始可水到渠成。

今早，外來的水匯成了眼前的渠。一早推門而出，車來車往，再推的，是他們所住宿的酒店的那扇門，夫妻二人已坐在大堂，趨前，大家手一握是多少的問候是多少的盡在不言中，由我這「鄉下佬」作「嚮導」吧，賭場，就位於咫尺之遙，我們說說笑笑而進。多年前某回的宴席上，有位餐館的「阿姐」跟我說：「為甚麼我每次去賭場都沒有看到你？」我答曰：「你每天都去？」「不，星期二大多數不去。」我馬上回應：「真巧，我都是星期二去的！」大家即時爆起的笑聲中她仍再問：「是真？還是假？」是耶？非耶？有些事不必尋根究底，一如一些場合不必正襟危坐地陳言大義，笑一笑，樂一樂，然後，船過水，風吹竹，了無痕跡，多好。《世說新語》「任誕篇」裡的殷洪喬確放任不羈，他把人家託他要送的書函全扔入江中，且言：「沉者自沉，浮者自浮，殷洪喬不能作致書郵！」我喜歡他的「沉者自沉，浮者自浮」，是真是假，是沉是浮，還是，還是笑笑哈哈的算了。

早上，賭場的客人稀少，眼前的剛巧是「角子機」，蕭老兄拿出幾個硬幣放了進去，叫我玩，我趨前，下意識地想拉一下，她妻子笑說，現在早已不是「拉」的了，唉，我真的是「out」得很。我們用拇指、或中指、或尾指隨意亂按，談說嘻笑裡「第一景點」結束。穿過人行道，走往「聯邦廣場」（Federation Square），雖然，它頂上那浮雕似的「標誌」惹來不少惡評，但我獨愛其一份「城市味」，星期天，偶爾出來，無拘無束，暫且放下應該可以放得下的雜事，坐在石階，可看看不遠處的電車默默來往，可看看濁世的紅男綠女，可看看街頭的賣藝，他們從哪裡來？往哪裡去？誰會問個水落石出？我們活在同一個年代同一個空間，夠了，相遇之後，路，唯有每人躍馬而去。可惜，這回，沒碰上江湖賣藝的。

看時間，可來得及，我們坐電車到近處的「戰爭紀念館」（Shrine of Remembrance）。約二十年了，移民前的所謂「報到」時曾到此一遊。星，有沒有移，我不清楚，物，我看來，沒有換，空闊、寧靜、肅穆依然，人事的變幻呢，當然不知起落幾番了。登樓頂去眺望，墨爾本的高樓盡在眼底腳底，眼底腳底處是紅塵，老實說，跟世上繁華透頂的大城大市比，墨爾本的紅塵並不算怎樣的滾滾，但我反而變欣賞它的「小號」了一點，生活的節奏，硬是要逼得連氣也喘不過來，拍子一定要猛敲重打才算是「現代文明」？這又如何，「幸福指數」一定與此成正比？「物壯則老」、「堅則毀矣」、「銳則挫矣」，我還是喜歡老子、莊子這樣子的智慧。看罷，我們走了下去，最後是Flinders Street火車總站。

火車、Glen Waverley、開車、餐館，連起來便是我們餘下的行程。之前，已約好了黃老兄及他夫人，大家一起茶聚，蕭老兄、黃老兄均是中學時的同窗（好像唸「師範」也如此），讀的是「元朗公立中學」（簡稱「元中」），元朗子弟都想擠進去的名校。他們倆是校友，我是「第三者」，但論鄰里，我們三人則無分彼此了，口水的浪花亂濺，由「水邊村」聊到「水牛嶺」聊到「粉絲山」聊到「包必應」聊到「長盛街」，蕭老兄打開電腦讓我看看，是他們昔日同學間生活上一些點點滴滴的照片，六十年前的舊夢，彷彿，如在昨日。只是，昨日的氣氛已灰飛不返，昨日的情調已湮滅不再，小時候，誰會想到科技的狂飆裡，六十年後社會的容貌變得令人驚駭不已，再往後六十年，人類停不下來的高速步履，歷史煞不住制的風火大輪會把我們帶到甚麼的境地？

最後的一行，蕭老兄夫婦來寒舍一轉，時間匆匆，站一站便要走了，另一約會正在另一端等著他們，「一日遊」的牌子高掛了整一天，至此，在我日常生活的門前除下。

過後，收到蕭老兄的電郵，說：「回港時再見。」好，就此約定。

喜相逢

昔日舊同事榮慧趁復活節來訪，迢迢而來，我這個所謂「東道主」怎能不好好招呼，吃，在所難免，席設哪裡？寒舍是也，身為「一家之煮」的我又豈敢不提起精神，「奮力」掌廚迎戰。搞些甚麼東西？有飯有湯，白飯「任裝」（隨便吃）。還幸，舊同事即老朋友知我諒我，不苛求的大家吃得有說有笑，何況，縱然不是舉世滔滔，但人世的大災小劫無日無之，久別再逢且口腹溫飽，亦足以笑傲一切了。

飯後，大家當然地胡扯說笑。開了十多年教學上的小差，我細細聽她訴述種種的變幻，譬如說，歲月無聲的轉轉折折，某某同事回流之後，一晃眼，小孩已成長，他們就讓小孩單獨回到澳洲讀大學；一些熟悉或不熟悉的同事的近況；彈丸之地的教育制度天翻地覆的更改，很多改得令我摸不著頭腦；學生日後的不同遭遇等等。我是「山中七日」而世上已千年？彷彿間，她所說的到底是真實人生裡的「電視肥皂劇」抑或是「電視肥皂劇」裡的真人真事？

一直聊到月明星稀，老兄，這不是咬文嚼字，是很確實的寫實主義，農曆十七再加上萬里無雲的澳洲的晚空，夜，並不是枯燥無味，你可以賦予它無限想像的深度。要送她到別的朋友家裡了，亮圓的月在前，車跑在空闊的路上，唐人的絕句在遙遙喊我：「君自故鄉來，應知故鄉事。來日綺窗前，寒梅著花未？」不錯，舊同事自我棲居了四十多年的故土來，只是我沒有連窗前的寒梅也問及，時間匆匆，不管怎樣的濃縮都無法化成「完美無缺的濃縮版」，世間事，怎會有說得盡的？下次吧，待我們閱歷的視野拓得更空闊，這樣，聊得會越加淋漓盡致。

遠來的書尺

黃昏下班回家，進得門來，放下飯盒，即瞥見焗爐頂上一封字體娟秀的來信，就憑這熟悉的英文草書，我知道，是Mandy寄來的，昔日的舊同事，自遙遙的彼岸，我的「第一故鄉」。

晚飯後，例行的一點瑣事做完後，七月的寒意裡，一燈之下，我細細翻看，是無限的悅然，有填滿頁半紙的暢暢而談，有相片數幀。她的先生，我也認識的啟光兄，與及已兩子之母的她，夫妻倆笑容仍舊，風采依然，當然，歲月的一點履痕隱隱可見，這些，誰可避免？也有我不認識的，她的大小公子，柏樂、珀匡兩位小朋友，樂融融的全家福，現代家庭的典型寫照。

想起來，是上世紀末的事了。一九八九年九月，我轉到同是在元朗區的一所中學任教，時已快四十歲，三十而立嗎？早已成過去，雖然一無所立，不惑之年呢，未到，所以仍是諸多的迷惑。同期進去的大多是年輕老師，像Mandy便是，活潑而有朝氣，於學校來說，我該是新來的「老」老師。

或許，憑一點的經驗，進退間的適可而止，即使面對某些頑劣叛逆的學生，往往，也「幸運」地，能夠化險為夷，「苦」中有樂。沒有記錯的話，好像第四年吧，在教員室裡，Mandy剛巧坐在我背後，只是教家政科的她常以家政室為「家」，要在教員室找她的芳踪，總都是杳杳，說來算不算是巧合，她當時的住處就在我舊居的隔壁。後來，我們再加上李老師共三人，同坐蕭老兄的座駕，每天早上一起回校，幾年間，大家吹牛說笑地無所不談，一晃眼，已成追憶，各有各的故事了。

教育界這圈子，有人一早就視之為終生不渝、有人左觀右望、有人一開始便把它作為短暫的過渡時期，此乃人世的眾生相，不是甚麼驚奇之事。我短短的四年，若蜻蜓點水，一點，這匆匆人生匆匆的一驛後，我就策馬揚鞭，且是西出陽關，把故人一棄，留他們在矗樓聳廈，一出門便滿是人潮的方寸之地。九四年初，行程逼近，但元日之日，我偕妻還是欣然赴Mandy的結婚大禮，未來之惘然未來才算，眾同事亦順此吃吃聊聊，多少事都盡放在笑談裡。教堂新建，配上新夫妻，一切是完美的象徵，也給了我忘不掉的記憶。之後，飛機自啟德機場起飛，一縱，便縱在廣漠無際的一片漆黑裡，到朝陽曒光從一扇小窗透進來，我已身在澳洲的天空，新生活於焉開始。

信上，她說到一些樂事，比如，她以前所教的學生的情況、某個學生現成了她的弟婦等等。親上加親是怎樣的一番緣分，天意及人為的契合，真值得人高興！何況，濁世裡多是令人洩氣的負面新聞，我寧願常聽「報喜不報憂」的消息，身旁的種種擾攘紛爭，有時，不禁一問，為的是甚麼？歷史的梟雄，一路風起雲湧，到處的鐵蹄，到處的踐踏，但蒼生要的只是祥和，只是生活上的喜悅。

她也提到點點的不幸事，像兩個學生的先後離去。約一九七九年左右，出道不久的我，某日，聽到一個曾教過的學生忽然不在，驚訝之餘，不免想到每個人都有脆弱的一面。半百之後，只告訴自己，惜人惜物，念天地之大德，生活夾縫的安謐裡靜賞四時的遷移變化，至於「明明德」的功夫，能做多少就多少，其他的，無暇去理會。

十多年來，偶爾會收到她的來鴻，那已夠了，不必著痕跡，更不必硬要說些甚麼，興之所至，當感懷滿溢，滿到要洩洪時就找個出口，包括彼此間書信的往還，夠了，這才是真情，才是生活的注腳。

「遠來的書尺」，一提筆，便寫了這題目，總比「遠來的一封信」來得沉厚。「小駐鄱陽未宜遠，欲憑書尺問寒溫」，這是出於北宋末韓駒的詩句，淡淡道來，卻深意濃濃，「書尺」兩字我借了來用，至於「遠」或「不遠」，又可以落入「唯心論」了，八、九個小時左右的飛行路程，你說呢，近嗎？不近嗎？憑書尺，東拉西扯，懷古寫今，天下事都化為一年一個信息的淡淡之交了。

真真

真真？假假？甚麼意思？搞甚麼玩意？沒有搞甚麼，「正當」得很。她是一個舊同事的名字，姓甚麼？「百家姓」之一就是了，有時候，讓生活「謎」一點的，不是更夠意思嗎？所以，不提也罷。至於她的名字，想到的是，當日，替她取名的確是高人，不是甚麼「芬」啊「芳」啊的纖纖弱弱，也不是男性化得比男性還男性，這叫「中立」、「中性」嗎？如果，「無善」、「無惡」是哲學是人生的上乘之境，此名，有此傾向矣。

或者，又可從另一角度而觀，柔中有剛，剛直之剛，人的一生不該就是一直追求真嗎？良知之真、學問之真等等，真就是剛。一九八九年，我們一起進入該中學任教，那麼，快三十年的同事了，不短的日子啊，不對，只有四年，四年之後我便開了小差，一聲移民就「遠走高飛」，但二十多年來時有往還，適當時候便通通消息，何謂「適當」？對不起，這點，父無法傳子，兄不能硬給弟，姊姊亦不一定知道用甚麼「心法」告訴妹妹，各自修行好了！

十多年前，「大小狗仔」仍讀中、小學時，雖身在「番邦」，仍希望他們多學點「唐文」，書籍、材料來源呢？這邊難找，唯有求救，求救於故土，此類資源那邊既多且精，不作他想。然而，總要有「橋樑」始能成事，真真便是此「橋」此「樑」的最佳人選，意思向她一訴，她說沒問題，有點「義不容辭」似的，於是乎，學校不用的剩餘物資，或多出來的教材等等，或寄給我，或我回港時當面送我。今日，「大小狗仔」的中文水平雖然大家都心中有數，但真真的一番心意，我仍是一謝再謝。

時而大家電話聊聊，時而大家電郵相互問好。後來，她是「訓導組」的一員大將，有一回，電話裡的「大話西遊」之際，她「西」到某些頑劣的學生，但我深知，她是勝任有餘的，頑劣者在她面前是無法施其技，只因經驗的累積，性格的使然，她在該用的時候就用她的「不按牌理出牌」，出得使貪玩搗蛋的學生立即啞口無聲，乖乖的。借用孔老夫子所說：「從心所欲，不踰矩。」隨時隨地出招，招數之妙，存乎一心，而「不踰矩」，捏得準，萬事皆吉。不用說，這只是方法，甚至「手段」，大前提是對學生的關懷與鼓勵。

近幾年回去，真真跟Mandy都約我茶聚，或加上其他人和我一起晚飯。今年的農曆新年，一早便打電話過來，向我這個受之有愧的「長輩」拜年，很多事，心領、心照就可以，言語？已是多餘的東西，一切盡在點頭謝謝的笑意裡。

梅傳道

目前，我仍這樣子稱呼她，實在合不合適？我自己也並不十分清楚，反正十多二十年都如此，算是「積非為是」吧！仗的是朋友的交情，有多少年？計一計，三十多年了。

故事從那家小學說起。

那小學叫「惇裕學校」，在新界元朗的新田，典型的鄉村小學，平房的，不像人家樓高五、六層，我們有花有樹，有足球場，有花園有噴水池，紅塵格外滾滾的香港，如此的環境，可說是「異數」。那時，大多大多是「上午班」或「下午班」的「半日安」，我們早已是「全日制」，是得風氣之先嗎？還是鎮守著傳統而以不變應萬變？各自解讀吧。

學生，絕大部分是「鄉村部隊」，老實說，頑劣者，有，沾染大城市惡風惡氣而「壞」者，則不見得。我是先梅傳道一年進去，後一年，連她一起的都是幾位剛畢業的年輕人，朝氣十足，學校也立即「活」了起來。梅傳道，或是先天的性格，或是後天的教養，一句話：「敬業」，還記得，除日常認真的教學，課外活動呢，她是負責「農圃」的工作，鄉村學校嘛，有這樣的能力及地方可以供學生學習種植，是活力十足的「生活教育」。在梅傳道一絲不苟也有板有眼之下，見到的是陽光裡學生一畦又一畦的成果，其實，亦可讓一些來自城裡的年輕老師嘗一嘗陶淵明的「相見無雜言，但道桑麻長。」

梅傳道，一見「傳道」兩字，當然，即知她內心一股虔誠的宗教信仰，面對我這「化外之民」，她經常的一番心意，我愚昧之餘是一謝再謝。

每人有每人的路向，後來，大家都離開這小學，更後來，我在墨爾本，她在香港，不過，彼此仍是相互聯繫，只要是「誠」，就可以無分界域而坦然相對，也可以超越一切而直指本心。

此刻，是澳洲十月的仲春，天仍寒，書齋孤燈，我再翻翻她的《心靈的獨白》，內裡有〈梅傳道書柬〉，其中的「之十七」、「之二十」，寫的正是我，一看文末的日期，已是一九九七及一九九八的往事了，人生途上，留下大家奔走過的步印，一回首，不用說，今日有今日的一些「覺今是而昨非」，然而，最要緊的是不怨、不悔，一顆求「道」的心恆在，直至人世無我。

最近，收到她的電郵，這裡，是有點「境界」的，適當的時候大家自會「鴻雁傳書」，其他日子則各自面壁，或讀書、或靜修、或其他的甚麼等等，人若不這樣子的儲蓄，我說的是思想，會成如何的模樣？看看北宋黃庭堅所說：「士大夫三日不讀書，則義理不交於胸中，對鏡覺面目可憎，向人亦語言無味。」既「可憎」又「無味」，讀之可無感覺？電郵裡她說，要離開讀書、工作共十五年的長洲，我「細探」之下，她是回粉嶺，因要照顧九十一歲的母親與有病的妹妹。

這就是人間世，就是有血有肉有淚的實實在在。

宗教，也吃人間的煙火，再加親情的無限展現。

十五載，辛勞勤奮之餘，亦賺來一冊《長洲歷恩記》，為她自已留下清晰的足跡，在這一驛站的雪地上。

除祝福外，還是誠摯的祝福。

卷三

何草不黃

我該可以用「駭然一驚」來形容。

星期天清早，依樣地到湖畔一走，一走進去，路徑兩旁迎我雙目的，是甚麼呢？對，是草，但並非常見的悅目的綠色，卻是一大片一大片的枯黃，放眼而去，左邊右邊，由近至遠全都如此，無一倖免，一時間心情不禁一沉。是肅殺的秋天？是凋零的冬天？此刻，還是季節的壯年啊！草也像人，未老先衰嗎？對我而言是十五年來的首見。走完了，於進口處遇見剛來的「晨運之友」Peter，大家都是老朋友，一見面即打個招呼，他說：「這是我幾十年來的第一次看到。」他比我年長得多，他口中的「幾十年來」是何等有分量的感慨。

後來出外一走，特別留意平日不大注意的路旁，那習以為常認為該是「碧草如茵」的草地，很失望，那「茵」、那「褥子」並不「碧」並不漂亮，十居其九是黃黃褐褐，「青青河畔草」的「青青」跑到哪裡去了？草不青，我們這「花園之州」未免失色得很。我們等，等沛然的大雨，等大雨淋熄大火，等大雨潤澤大地，只是等、等、等，好幾回了，看早上電視的天氣報告，說會有「驟雨」，但現實的是終日藍天萬里晴空朗照，或雖是密雲壓壓，雨呢，只是若有若無罷了，甚至緣慳一面，到底「驟」到哪裡去？又或是氣象局的「善意謊言」？有時候，滿懷希望似的，雨來了，卻原來「草草式」地騙了我們幾下便交差了事。

大地久渴，我們久盼，誰可以呼風喚雨？甚麼時候給我們驚喜的天上之水？風不調、雨不順，即使是日新月異，既可以是「天使」也可以是「魔鬼」的現代科技又能如何？他朝，恐怕有一天人類不是為別的而爭，而是為我們基本所需的食水而戰。

繼續、繼續！

等著、等著，好長好長的一段日子，終於來了，來了，我們久盼的雨。

上星期六早上，一面在體育館打太極拳，一面聽到雨聲的譁譁，譁譁雨聲響在頂上，如千百雙低沉有力的踏踏馬蹄，使我幾乎要一心二用，這一邊交給了「掤」、「採」，另一邊交給怒哮的雨。想外頭的焦田渴土，外頭的乾樹枯草多少日子裡就是佇候這一刻。以人文精神的情感一問，雨有怎樣長遠的歷史？我不清楚，只知在我們的歷史之前之前，它早就下著下著，或微微或狂狂，或陰柔的淒淒惋惋，或陽剛的潑潑辣辣。雨，千古以來的雨。

然後，車在路上，雨在車外，水撥趕快地撥來撥去，偶爾路旁有積水，四輪滾過，頓時水花濺濺，弧型地濺濺，美麗地濺濺！甚至深一點時，大家都稍稍一避而過。以前在鄉間，天雨積水深深之際，小孩子最為高興，不用甚麼泳褲，一躍便游得玩得忘我。人是有自私貪心的一面，我們要雨，要適可而止的雨，要能夠增進我們文明，美化我們景物的雨，不要造成災難的雨。

前陣子寫過〈何草不黃〉，是感受於草的哀「黃」遍野。這幾天，不管前院後院，不管野外路旁，不管湖畔溪邊，草，好傢伙，靜靜地，已自行改了容貌而綠了一番，好，堅強的生命力，沉潛的內力，管你外面甚麼風不調雨不順，即使最惡劣的環境，草說，世事濁濁，唯有無言，唯有自我修煉，儲藏力量，待因緣一至，待機會一來，就冒出頭來，還我本來的青綠，怪不得我們常說：「野火燒不盡，春風吹又生。」信焉，信焉。

好一遍怡人視覺的綠色，為天地添上生氣，為墨爾本挽回點「面子」。當然，雨水還不足夠，距離目標還很遠很遠，雨，繼續努力，繼續加油吧！

Cup Day

久盼的「Cup Day」（墨爾本盃日）終於來了。「打工一族」的心理大多如是吧，先等候「發薪日」，然後是週末星期天，然後是長假期，周而復始，生活就這樣地一天過一天。沒有記錯的話，上一回的公眾假期已是六月時分的英女皇壽辰，好，「Cup Day」是承先啟後，遙遙接上女皇的生日，開啟跟著而來的耶誕與及新年元旦。前者，唉，苦等了好幾個月，終於守得雲開見月明，「Cup Day」是轉捩點，一轉而來的是長長的「好日子」，因為不少人都是耶誕兼新年假共三個多星期。

放假，是讓身心鬆一鬆，將平日生活刻板的軌道收起，做點自己喜歡的事情。習慣了，我依然早起，但不用記掛幾點出門，不用受時間的吆喝。一夜過去，我醒來，天地也漸漸由朦朦而至微亮，如果說偏愛，我是偏愛這朦朦朧朧，感覺上是格外的寧靜，身在書齋的小室，似乎世上只剩我一人。看看書，還是有關文、史、哲的，看這些東西有甚麼用？豈為功名始讀書，「有為」而讀是挺辛苦的事情，即使不想看的不想記的都硬迫自己生吞活剝，心靈多不自由，「無為」而讀，或古或今，或東或西，或書頁上的忽前忽後，或攀山或涉水於別人精神智慧的峻嶺與深海，掩卷之際，真令人忘我。不過，若問，「忘我」是甚麼東西？能吃得飽嗎？要辯，已無言，不答也罷。

中午時，到近處的購物商場一逛。先經過停車場，怎麼？並不擁擠啊，平日這個時刻，不少等泊車的司機總是左穿右插，碰碰運氣的降臨，今天幹甚麼呢？走了進去，也是相似的情況，當然，不是冷清清，只是跟正常一比卻失色得多，人往哪裡去了？樓下走了一趟，再踏上電梯登上二樓的「飲食區」，中西食品皆有，著名的「兩大大王」不用說，講到吃，咱們中國人怎會認輸，兩家唐人食肆剛好在兩側，「四大發明」的粥、粉、麵、飯，除了粥外全都供應。抬頭一望，咦，前面那個不就是曾經同事過的餐館「大佬」？他正用「家鄉話」響亮地對食肆的伙計說：「乾炒牛河，加底！」聽說，他後來買了家「fish & chips」來做。久別再逢，大家打個招呼後坐下來聊聊，現在嘛，他告訴我，開了家「壽司」店，真有辦法，中國人不管怎樣浪遊四海，始終能撐得住熬得下。「今天不用做？」我問，「不是跑去看賽馬就是在家裡barbecue（燒烤），顧客不多，員工替我看緊一點就可以了。」他答。怪不得，怪不得，人流疏了這麼多。

趕著回去，萬眾觸目的賽事大概在下午三點，移民的第一年，我曾帶著「大小狗仔」在現場左看右望，此後年年看電視，一番盛事，身為「墨爾本人」該捧捧場吧。十萬人的歡呼聲，瑰麗的畫面，人間何世，盡在今日的衣香繽影裡。熱身、繞圈、入閘、開閘，四蹄疾疾，一「馬」功成萬骨枯，「盃」只有一隻，其他二十多隻只能為他人作嫁衣裳。馬啊馬，你們的祖先跑在無盡的草原，背著為國捐軀的英雄而返，今日，你們，跑在漂亮而有範圍限制的草場，你們，為「派彩」為紳士為淑女而奔騰。明天，報紙的頭版，斗大的字眼，騎師是英雄，練馬師是英雄，而你，也是英雄，英雄、英雄，古今可有怎樣的不同？俱往矣，昔日英雄的價值以怎樣來計算？眼前的是近一億的投注額，大家一片的譁然，面對歷史，大家一片的冷然。

晚上，胡亂地「東搞搞、西搞搞」，很快便是假日的落幕，一生匆匆，一日的二十四小時擺在裡面更顯得微不足道，不必來個長嗟短嘆的失落感。馬要等明年的競賽，我明天就要收拾閒心，為謀生而折腰。

那天，Australia Day

那天，「Australia Day」，依然一早就起來，坐在書齋翻了幾頁書，雖然是公眾假期。然後，跟慣常一樣，到近處的湖畔走走，看來是亮麗的一天，晨曦的光線已從天的一角微微散發而出，仰頭是晴空的一片澄藍，平視是綠色的主調，四野無人，靜靜的湖水，直直的路徑，有風有樹，繞湖而走，走在湖旁，走在路上，走在無垠的穹蒼之下，走在堅實的泥土之上，或許，更是走在眾人的夢外，再打了點太極拳，一時間，感到無言的舒恬。

回到家，一按電視，新聞的時間，免不了有點「Australia Day」的特別報導，幾位主持的臉容格外喜氣洋洋似的，與往日有點不同，大概這就是「平時」與「節日」的分野。「節日」既來了，要不要去城裡看看？應該有不少熱熱鬧鬧的節目吧，算了，本來就沒有打算，也不想來個即興式的。其實，去過了，十六年前，一九九四年一月中，新的歲月剛來了不久，父子三人，帶點惘然，九個小時多的行程後，換來墨爾本的機場迎我，迎接對未來沒有怎樣精密盤算的我、見一步走一步的我。不到兩星期，「Australia Day」來了，甚麼叫「Australia Day」，我不識它，一如它不識我，倒是聽人家說，那天，城裡很高興，好，管它的，過一天算一天，帶著「大小狗仔」往陌生的城裡走一走。

當日的情情景景，在我腦海的記憶系統裡留下了甚麼的檔案？沒有，除了拍了在澳洲的第一張照片，當時城裡某家照相店為了與眾同樂，當然，也為了宣傳，免費為客人拍攝即映即有的照片，一「吐」即有，門前排了長龍，無所謂，可以偶爾揮霍一下時間，讓時間無可奈何，未嘗不是對「人生苦短」這類慨嘆的還擊。輪到我們了，就這樣，他們初來時的一臉稚容永遠被定了格，後來，把照片寄了回去，如今，此景此情恰似擦臂而過的時光，任怎樣地尋找亦尋不回來。

回首一想，假若，他們沒有因我而將他們的童年，他們自小的學習生涯，甚至他們的思維方式交給這南十字星下的時與空，沒有這樣的「從前」，他們會蛻變成怎樣的「今我」？我不知，就像我自己，假使仍生活在生我長我的彈丸之地，我的一切又是怎樣的不同？倘時光能夠倒流，回流到那熟悉且不少親朋戚友的地方，五十之後的心境，我會跟此刻的相似或相異？或者，以世俗的比較來說：「還是不來的好。」或：「幸好，跑了過來。」我會剔選哪個答案？依然是那兩個字：「不知」。甚麼叫「好」？甚麼叫「不好」？報章雜誌的整容廣告可以咬牙切齒地向你宣傳「之前」、「之後」的分別，但生活上的轉變呢，老子說過：「禍兮福之所倚，福兮禍之所伏」，起起伏伏，原是生命的相輔相成，總難以一刀切下，像一塊牛肉般截然分成兩半。只知自己的一葉小舟航程到此，而「此」並未到終站，帆，不能放下，繼續揚帆迎風，我肯定，精神生命裡多少美麗的景點猶在不知名處等我。

幾十年前的中學時候，地理老常是話語諄諄，可是對於不太用心的我們，早已把它拋諸腦後，只依稀記得，有陣子，他教的是澳洲地理，連帶風土人情，只見他一上課就在黑板繪上澳洲地圖，每課如是，我茫茫的眼神對著茫茫的地圖。誰料到，幾十年後，廣袤的土地竟成為我安身立命之所，「Australia Day」竟成為我生活的一部分，是天命不可違？是人為的力爭？得嗎？失嗎？人間難有淨土，不食人間煙火的「桃花源」仍待出現，不過，澳洲，很不錯的地方，這是誰都不能否認，政制穩定，不像某些地方，徒靠「強人政治」，「強人」一去便烽煙四起。我常用「清風」、「明月」來稱讚我們居住的環境，要知道，滔滔濁濁的當世，風能清，月能明，誰說不是一種福氣！

蟄居鄉間，鄰人碰面，湖畔相遇，大家都打打招呼，或閒聊幾句，這叫「古風」嗎？那麼「今風」又如何？舉個例子，昔日乃路不拾遺，現在，圖書館、超級市場提醒你，要注意你的手袋錢包等等值錢的東西，要放在你當眼的地方。見微知著，他日擴而充之，「小惡」成「大惡」，我們會怎樣說，說是「古風蕩然無存」，似乎，「古風」跟「現代文明」是宿敵，有你沒我，有我沒你。怎樣子才能既有「現代文明」又兼有「古風」？我問晚上的星空，與及蟲鳴唧唧的後院，也問人人趨之若鶩的萬丈紅塵。答案呢？

中午時刻，胡亂打發。黃昏，又看看新聞報導，「Australia Day」的大前提下，眾人巡遊的巡遊，跳舞的跳舞，尤其年輕的更盡情歡樂。快快樂樂的一代，歷史的肩負也好，歷史的包袱也罷，全與他們無關？悠悠五千年的史頁，我們往往是孤獨赴義，一人去迎接八方風雨，其情，悲壯，其志，令人匍匐折服，然而，若是承平的年代，清明的日子，理性通氣的社會，誰願，也不必志士仁人赴湯蹈火，開開心心，甚至不踰矩的狂歡片刻，該是每人期盼的權利啊。

這麼巧，朋友生日，一夥眾相聚吃喝於唐人餐館，一頓簡簡單單的晚飯，一席風花雪月的喧喧笑笑。飯過後，茶過後，夜未算深，但大家並不是初來的訪客，深知即使如何的擁擠如何的忙碌，十點之後，一般來說，所有的嚣嚣都漸漸沉下。好了，「埋單」的時刻，明天就在前面。今天，有假可放，有飯可吃，至此，要寫下完美的句號？不，句號可以，「完美」不必，不完美始是奮進的原動力，不完美始是真真實實的人間世，美，是沒有「完」的。

（後記：「Australia Day」乃澳洲「國慶日」。）

唐人街

蟄居鄉間，很久沒有到城裡走走。

也很久沒有到唐人街逛逛。

一九九四年，帶著兩個孩子剛來的時候住在Essendon，距城不遠，電車可直達，所以，星期六或星期天都到city趁趁熱鬧，上上唐人街，也好像是要找點甚麼的，這東西叫「認同」嗎？後來，生活粗定，想法有變，激情淡了下來，去的次數遞減，變成了無可無不可。

前兩天，朋友間的聚會，地點是唐人街的某餐館。好吧，自己跟自己說，順道來個舊地重遊。跟以往一樣，開車到Glen Waverly，然後轉搭火車，坐在新公司經營的火車，加上星期日一份閒閒散散的心情，不多的乘客，不趕的時間，拒絕一切的雜念，讓腦袋空空洞洞，整個人格外地舒舒服服。

火車到了總站的Flinders Street，下車，走落火車站前的石階，立在紅綠燈前，等候時間的指揮，頓時，一股城的味道襲來。跟大繁華大熱鬧相比，墨爾本是失色得多，但失色之下走來卻另有一種的「無為」、「無不為」。

走到唐人街。

唐人街的歷史，我沒有好好閱讀過，就這麼一條街而已，唐人街，顧名思義，免不了染上中國人、中國文化的色彩。街前那座牌樓，是中國式的建築，但若問我，是屬於甚麼的朝代，唐？那赫赫的天威，宋？黃袍加身的傳奇故事，元？策馬縱橫的天下，清？二百六十八年的盛極而衰、終至列強的洋槍叩門，或是別的朝代？我是茫茫不知。

唐人街沒有唐人餐館，開玩笑吧，若然，就不能理直氣壯地稱之為「Chinatown」了，街頭至巷尾，雖在海外也絕不含糊，絕不是一句「中國菜」就能籠籠統統地混得過去，招牌上有粵菜有川菜有京菜等等，可按各人的口味而慰各人的腸胃。走過之際，一望腕錶，六時多了，冬去春來，燈火燦亮，客人已在座，或在途中，今晚生意會如何？不是以前的日子了，如今，一街的競爭，總要花點心思，無論是廚房的質素，餐堂的服務，否則，幾個浪頭之下便被拋了出去。

不管如何，祖先留下的行業當會傳承下去。

走上兩家文具圖書公司。

這是屬於精神的地方，是怎樣的精神？有本地印行的報章雜誌，也有從中國人的地方來的，有政治性有娛樂性，相行不悖，就成了閒來在精神上打發的東西，不必太著意其內容的深淺，反正，都是屬於溫飽後的一點「餘緒」。我們來處的一舉一動，甚至一聲咳嗽，還是扯動了不少人的神經，某影視名星一句話，甚麼的「祕聞」、「內幕」，圖文並茂彩色成封面，至於要不要窮追猛打地尋個究竟，澳洲是民主的社會，「拒看」的權利是絕不用懷疑，當然，你想看，就得要付錢，而且，不要跟昔日拿在手上時的價錢相比，「物離鄉貴」嘛。

一回頭，卻也看到極其古老的典籍，像唐詩宋詞，還有那本《幼學故事瓊林》，小時，父親經常翻看，它帶點風霜，靜靜地跟其他書並肩而立，它等甚麼？在狂飆的年代，等有心人的遇上？當日，擺放的人是抱著怎樣的心情？除賺錢外，會否有種「神聖使命」的情懷，在海外，盡其在我地散播點中華文化的種子？或者，唉，我自作多情的想法而已。

不想了，走往另一家。

這家「現代化」得多了。擺滿了「ＶＣＤ」、「ＤＶＤ」，現代科技的結晶，呈現了當今時代的面貌。十多個年輕人，找的都是流行熱門的影碟，迢迢千里而來，功課以外，仍忘不掉熟悉的家鄉的流行文化，我們不必太深責，年輕人就是年輕人，經過這路程自會跨進另一階段。天花板下掛了部電視機，放的正是近期的熱門電影及電視遊戲節目，除這些外，真正的「香港文化精神」是甚麼？好大的題目，由有志於此的學者去接招吧！

向前走，拐了左彎，不遠處就是「澳華博物館」，我來晚了，星期天是到四點三十分，都快七點了，門關上，我默默地望了一眼。門旁的左右有兩隻白石獅子守護著，守著怎樣的滄桑？幾步之遙泊著一部白色的轎車，當然，石獅子不知我的來意，也不知我心之所想，我想，找一天，早點來，細看前人留下的一鱗半爪，在人家的地方，在若煙若雨，濛濛淡淡的年代。

經過幾個垃圾桶，我穿了出去，接回外面湧湧動動的現實世界。

八年前初識唐人街的那個下午，我坐在附近的空椅，用心聆聽一街頭的華籍「音樂藝人」，人來人往中他拉著小提琴，令我心情翻湧的這一幕，我另有一文為記。

八年後，心境自有不同的轉變，有誰經歷了二千九百多個日子後仍是頑石一塊？至少，我告訴自己，不是過客，怎樣安我的心立我的命，我要好好思考。不消說八年，八十年的光景也成匆匆，流去的歲月中，唐人街是如何的演變？這問號，我沒有資格去拆除，等一天，大家坐下來，酒也好茶也好，細談淺喝，讓老一輩的長者來個話說古今吧。

在西方，火浴後的鳳凰可再生。

在東方，龍是中國的象徵，唐人街也是一條龍，多元文化的國度裡，怎樣使這龍既有傳統的尊嚴，也有現代的躍躍精神？

清早的野鴨子

依樣的星期天，依樣到湖畔一行，依樣遇見來自越南的溫老兄，也一樣，他踩著腳踏車，這回，從後踩來大家相挨之際，他第一句即說：「野鴨真犀利（厲害）……」我知道他想說甚麼，笑答：「小心、小心。」

家居近處有一湖，離家不遠，徒步只幾分鐘，繞一圈約一公里，以前，忘記多少年前了，每天的早上，我都繞湖跑三圈，跑得大汗淋漓大呼舒暢，心底曾立下「誓言」：「至少跑到七十歲！」言是言，但膝蓋不給「面子」，奈何。後來，退而求其次，改為急步而行，大概就像是英語所謂的「power walk」，應勝於「優哉游哉」地慢慢而行吧。原來，「行先於言」是放諸四海而皆準的，不管是東海是西海，不管是「心底」或「心面」，亦給了自己一個活活的教訓，學，真的是永無止境，只要心不麻木。

湖畔湖裡有野鴨、野雞，與及偶然見到一兩隻黑色的天鵝，天下地上，不拘不束地「獨斷橫行」，再襯著藍天綠草，身在如此的境況如此的「鳥類天堂」，牠們會想到我們的人間是何世？會想到牠們同種同類在別的環境裡不一樣的遭遇？譬如說，朋友間常笑言，如果在我們的故土，早已給人抓了，成為桌上的佳肴冬天的燉品，又怎可能像眼前的大搖大擺，視他人如無物。幾類中，野鴨的數量最多也最為搶眼，鴨父母帶著小鴨不停地覓食，步一走、一走，頭一點、一點，我們所言的「天生天養」，正是牠們生活的寫照，中國人說地是「厚德載物」，也就是牠們生存的所依。一生一世，就這樣尋尋覓覓，為的只是一代一代的延續，除此，還有甚麼的理想？人之所以有「靈」，所以異於禽獸，是吃是求生是子孫相續以外無限的自我追尋。

好幾年前的某個早上，也是九月、十月的時候，我走過大半個圈後，踏步於一橋上，這橋短而矮，幾乎平貼於地，地下有淺水流過，水旁邊連大帶小的正有野鴨數隻，我初不為意地直走，忽然，一隻不知是父還是母的野鴨在我身旁凌空躍起，用力拍打兩翼，拚命張開長扁的嘴巴，「鴨、鴨」而叫，為狀甚怒，作勢向我示威向我恐嚇：「不準靠近，否則……」我本能一退，牠在空中也本能一逼，頓時，大家便如此相峙。雖然，我是人，牠是禽，「君子不吃眼前虧」的名訓是超越一切的，何況，牠不過是天所賦予的護幼本性，只要我走開，牠就會落下，甚麼事也就沒有發生過，於是，我立即快步離去，果然，回首一看，牠已落回地面，急急忙忙為生計而不停地低下頭來。

所以，這回溫老兄口中的「犀利」，即使不追問也知底蘊。他說罷，我繼續我的清晨之行，不久，見到不遠處，兩隻大鴨一前一後領著幾隻小鴨，且甚機靈地頻頻回頭瞥看，以防牠心中的敵人來犯，「全家福」正踏過人行的水泥路徑，管你是途人，管你是踩腳踏車，牠們眼中沒有甚麼交通標誌，「紅綠燈」是為我們而設，牠們逢水便涉，遇地便走，天黑便睡，天亮便起來，好一個「天鴨合一」。溫老兄的「慨嘆」仍在耳畔提醒我，還是讓一讓這群「目中無人」吧，彼此是河水與井水的互不侵犯，共存於這渾渾圓圓的大球體，所以，我只看著而不走。

終於，牠們漸漸離去，將完全離去之際，跟我方向相反的一位女士迎面走來，走到我面前時問我：「Are you ok?」該是剛才遠看我不動，以為我有甚麼不舒服，我忙回答且道謝一番，更把溫老兄的「心意」轉告她，聽後，她恍然大悟似地，並聲聲說「Thank you」。我與她連萍水相逢也不是，但她卻可以向陌生人付出一份自內心的關懷。人和人的相處之道，我想，本該是如此，只是經過世俗洪流的沖洗，夾上了多少的雜質，要用怎樣的篩子來篩選過濾，還天地一片澄明？似乎，越文明，越混濁，越難淘洗。

再走下去，仍看到些大大小小的野鴨。人世裡我們重「生」與「死」，「生」的那天來個甚麼的慶祝活動，「死」的那天也來個甚麼的追悼，牠們呢，果真是無聲無息地生存過就算了。某些時候會在湖畔遇見位老兄，脖子上總是掛了個觀禽鳥的望遠鏡，有一回，我問他，這麼多野鴨，為甚麼我總沒有看過牠們死後的屍體？他答我，應是被狐、狼之類銜走。是耶？非耶？他是說笑嗎？

飛入尋常百姓家

「把門輕輕關上，聲音小一點！」

早上去晨跑，正推門之際，妻子在身旁說。

她不是怕吵醒別人，破了人家的美夢，是恐防驚擾了門頂上那窩燕子。她的心意，我是明白的，燕子也如人啊，清早時分仍睡得飽飽酣酣的，我何必要擾「燕」清夢呢。

算來是幾年前的事了。

幾年前的某天，忽然驚覺簷下的門頂上有兩隻燕子在築巢，糟了，從此鳥聲吱吱，在門前啁啁啾啾地吵個不停，寧靜的日子大概會自此消失。於是，一念之間，就拿起掃帚木棍亂揮，揮向已築得七七八八的鳥窩，要搗得牠們無法棲身，甚至往上噴「殺蟲水」，迫使牠們打消定下來的念頭。想不到，牠們更上層樓，想改在我們樓上睡房的窗旁造巢，這更可怕，吵聲更近，更使人無法安睡。所以，我毫不考慮地便舉起澆花的水管向著窗旁附近狂射，要牠們知難而退。

像捉迷藏般，牠們又飛回門頂的地方，一口一泥，一嘴一草地硬要建造牠們生活之所。跟牠們再拚過嗎？唉，算了吧，退後一想，我何德何能，能得牠們的厚愛垂青，以我家為家，我又何必拒人，不，不，拒鳥千里呢，何況，中國人說，燕子能帶來吉祥，其實，偶爾與鄰居的老外聊起，他們也認為是件樂事。

如今，有時候，走來一些隔壁的小孩，著意地站在我門前，向頂上的燕子指指點點，談談笑笑，這是人間的一種祥和啊！

我想，鳥類中的建築師有很多很多，燕子就是其中之一，只見牠們匆匆忙忙，辛辛勤勤，單憑一嘴一舌，來來往往地銜著泥巴，不久，牢不可破的家便築好。再不久，聽到了雛燕幼聲吱吱地鳴叫，我抬頭一看，那不就是白居易所寫的「索食聲孜孜」、「黃口無飽期」嗎？一千二百多年前的白居易見到「樑上有雙燕」，那樑上的燕子，跟現在我家門頂上的燕子有何不同？「燕性」有何差異？一如人性，即以先秦為例，與此時此地的我們還不是一樣地有著七情六欲，還不是免不掉滾滾紅塵裡的悲歡離合。隔了千多年，在澳洲，我頓時引證了這唐人的詠嘆：「須臾十來往，猶恐巢中飢。辛勤三十日，母瘦雛漸肥。喃喃教言語，一一刷毛衣。」中國燕？澳洲燕？古代燕？現代燕？可有古今之別？東西之異？科技要創新，人文精神卻像一道長河，源源不絕，既鑑古也照今。

中午，遇我有空靜坐在家裡時，每每聽到其中的一隻出外覓食，一下子飛了出去，一下子又飛了回來，江湖多詭詐，唯望牠無風無險。澳洲的仲春，風在、雨在、陽光在，風風雨雨及豔麗的陽光一同見證傳承的燕子，牠們都是曾經為雛，而今為父為母。幾乎每天，妻要用洗衣機洗完衣服的「二手水」，用刷子洗刷門前與及牆上的一些糞跡，一舉頭，就看到幾隻伸出頭來的幼雛，原來早已睜睜靜悄悄地看著她，惹得妻立時失笑起來，這叫「初生之犢不畏虎」嗎？很多時候，我們突然推門而出，大燕子會驚飛而去，留下那些不知險惡的雛鳥，惘惘然若無其事。我知，未來歲月裡的崎嶇，牠們成長後自會面對。

今年的跟去年的、前年的、幾年前的有何分別？有甚麼血緣關係？眼前的是幾代之後的子子孫孫？我統統不知，牠們從哪裡飛來？又為何總認得我家？對於我都是一堆問號。不過，不要緊，一年一度燕歸來，久了，彼此間就成了相熟的朋友似的，妻說得對，有時候，牠們晚來了，一種長候友人而未到的失落心情便油然而生。看牠們每年銜著泥草築補鳥巢，就彷若我們的房子舊了損了要維修整理，人情物理豈有不同？我看牠們，牠們看我，為我賺來生活上點點的情趣意趣。

也是已成渺渺的劉禹錫寫過千古絕唱的〈烏衣巷〉：

朱雀橋邊野草花，烏衣巷口夕陽斜；
舊時王謝堂前燕，飛入尋常百姓家。

我最愛讀最後兩句。

烏衣巷靠近朱雀橋，是東晉王導、謝安兩家望族居住的地方，昔日是車水馬龍繁華囂囂，但曾幾何時，終於沒落了，放眼所見只是「野草花」、「夕陽斜」，歷史興衰，夫復何言，昔日大戶人家，王謝堂前的燕子唯有飛入平常百姓的家裡。詩，要含蓄，要言有盡而意無窮，歷史，卻是現實而無情。眼前的牠們，也曾棲過大富大貴人家的堂前？我無法辨知，確實，我是尋常百姓，這南半球廣闊的土地裡，不見烽火，好的風，好的景，我和燕子共住在同一色的屋頂下。

昨晚，有點事找隔壁的Wallace兄聊聊，晚了，擰開門前的燈火會比較方便。燈一亮、門一推、眼一看，那母燕（我想該是吧）和兩隻雛燕正帶點驚訝地瞪著我，我即時趕快地把燈關了，讓牠們好好尋夢。

（後記：幾年後，把門前長得太高太密的幾棵樹砍掉，從此，牠們沒再回來，是因失去了標誌而認不了路？悵然。還幸，重讀此文的前星期，妻笑對我說，「告訴你一個好消息，燕子又回來了」，果真是失而復得的喜悅。）

洗衣房裡的蟋蟀

洗衣房，很大的嗎？很專用的嗎？不是，不是，斗室一間，主要是放了台已有點風霜的洗衣機，再加上點雜物，一門之隔是廚房，另一門，一推，便是後院，方便起見，我就把它叫做「洗衣房」罷了。

前幾天，晚飯後，想拿點東西，一進去，入耳的好像是蟲鳴的聲音，一隻，聽清楚，其聲清清，「唧、唧」再「唧、唧」的，但又好像是後院傳來，我放下東西，不動聲色地站著，即時沒有聲響，寂靜一陣，又「唧、唧」起來，我開燈，頓時默然，包括我跟牠。肯定了，不是外面，就在我眼前，哪個角落？我稍微找一下，但一無所獲，而且，只要我動，牠便閉聲以對，有點像捉迷藏，最不利於我的是我在明，牠在暗，或許，牠早已看到我，甚至偷偷竊笑。

應該是蟋蟀，這麼肯定？我從牠的叫聲裡猜出八八九九（後來，果然給我看到牠的廬山真面目），如果是打仗，那個「彼」我所知並不多，大概，此仗我可以休矣！要不要把牠逐出門戶？下起決心的話，該不太難，頂多是麻煩些，移動笨重的洗衣機，挪開一點東西，只要牠暴露了行蹤，我是可以扭轉局面的，然而，想想，牠這麼「給面子」地跑來，除了聲聲鳴叫，對於我家的生活，實在沒有甚麼大的影響，睡覺時，門一關，依然是海晏河清，何況，聖人說過：「民胞物與」，天性及學識所限，我雖做不到，退而求其次，就讓我學一點，讓我學學容「蟲聲」之量吧。好，好，由牠自由鳴叫。

第二天，早上起來，如平日般到廚房的桌上看看書，擰開檯燈，忽爾，牠的叫聲又揚起，「唧、唧」，「唧、唧」，時長時短，牠也這麼早就一覺而醒，跟我打個招呼？天地無聲，眾人的夢裡，似乎，只剩下我和牠了，牠可知今日是人間的幾月幾號？牠可知我們的喜樂和哀痛？像近日又有客機的意外，百多人的生命從此灰飛煙滅，且聽說失事的原因極不尋常，這些，蟋蟀啊，我要怎樣地「唧」回給你聽？或者，其實，亦是當然的，你們也有你們的悲歡離合，局外人的我始終是在局外而茫然不知，你們長長的一部「蟋蟀史」，我從來沒有翻過，即使是第一章第一頁的第一個字。

我身旁這隻，忽爾，來個「奇問」，是渺渺的昔日，在新界鄉間所見的某一隻嗎？也如我，飄洋過海，移民來了澳洲，這麼巧，也落腳於墨爾本？他鄉遇故知，話，應從何細說？不要說以前的以前了，二十年來墨爾本的生活，回頭一瞥，已成往事，可以濁酒可以笑談一番，也可以沉思可以唏噓，更可以，甚麼也不是，路，一直默默地走下去，蟋蟀，蟋蟀，你以為然否？聽你，還是聲聲的「唧、唧」，我是聽不出你內裡的玄機，天上人間，多少的聲音，我是聽得懂的呢？大音希聲，蟋蟀、蟋蟀，找一回，你我都閉口不言，一同好好細聽這無言的大宇宙。

不知你在我家暫歇多久，但過客終是過客，這裡，不是你的歸宿，魚還是潛回水，蟲還是返於草，咫尺一隔的後院，等你回去，天地之大「道」，誰能逆抗？他日，你回去，混在一片天籟，我想，我會認不出你「唧、唧」的叫鳴，但又何必要指認出來？渾然一體，一同呼吸，一同生活，不是更好的嗎？

鳥

兩則鳥的故事。

週末、星期天或公眾假期的清早都會到近處的湖畔走走，澳洲的十月初，春天早已翩然降下，且把日子拉長，這陣子更是如此，五時多的曙色裡，窗外的景物一一漸次露出真貌，告訴我，甚麼叫「周而復始」？何謂「春回大地」？

湖上的景色依舊，走著走著，自有份怡然的舒服，可以讓思緒暫時不起波瀾，拒絕人世間的一些吵吵鬧鬧。每回繞湖走兩圈，回程時著意多走一段路，然後回家，然後是一天的開始。年輕時，期待每一天都「多采多姿」，後來改了，希望是「嶄新的每一日」，如今呢，平淡中實實在在，那已算是不錯了吧。

第二圈了，正走過湖畔觀鳥觀水鴨觀水雞之用的短曲小橋，左面是一排人家的房舍，一年三百六十五天皆與湖水為伴，想來日子該是格外的「清澈」。無言走著，忽然，一隻不知名的鳥從我左耳旁疾飛而過，有點俯衝似地，召來了颯颯風聲，令我一驚。

「幹嘛，跟我開玩笑嗎？」

我心裡嘀咕。十多年來如此的早上一行，大致風平浪靜，無驚無險，這樣的事情乃頭一趟，不管牠，依然繼續走走，但走了幾步，牠又從背後，呼呼然幾乎擦上我的耳朵，再一嘯而去，霎時，感覺湧自心頭，咦，看來牠是有意的，我立即緩下步伐，側目一視，不遠處的籬笆上立了一隻鳥，牠瞪著我，一如我看著牠，全身黑中有白，嘴尖細。我又啟步，但馬上停下，回頭再看，不出所料，牠已凌空而起，想復向我直衝過來，不過，一見我戛然止步，機靈地兩翼拍拍，收住了速度，改而轉棲在前面的樹上，頓時，我失笑起來，好傢伙，身手敏捷，反應奇快。之後，牠見我邊走邊回頭，也就不敢輕舉妄動，最後，我漸行漸遠，彼此隔開了一大段距離。

打聽一下，對了，就是這種鳥，叫「magpie」，這個季節，有關部門常提醒我們，要小心牠的襲擊。牠到底是怎樣的一種鳥？草木蟲魚，我知的極之有限，少壯不努力，漸老之際，餘下的歲月，不為甚麼，自娛自遣，又有何不可，所以，翻開手頭上的一些書看看，不錯，是喜鵲，《淮南子．原道》說：「鵲之唶唶」，鵲聲「唶唶」，大概是擬其聲渾厚圓亮，把靜空都劃破。倒是英語的借喻上，是喻多話之人，莫非，取其噪叫之音？言該多該寡，如何恰到好處、捏得準，內裡是很大的學問，眼前的此鳥，我們不怕牠亂啼多言，那樣空闊的湖水，湖上的長空，可以容納萬象，只怕牠猛然一襲，啄你的頭，傷我的耳。其實，牠之所以如此，如此地「先下手為強」，還不是為了想保護其樹上的雛鳥，「天命之謂性」，上天是公平的，何只於人呢，更及於各物各類，可是，到了「修道之謂教」，人始終高出了，其他動物飛禽只限於教其子女生存的本能，我們則可以超越而更上精神的層樓。因此，人怎能不由此來思考嘴嚼，來鍛鍊一點做「人」的功夫？

告訴自己，往後行經那處要格外留意當心，九月、十月的初春時分。

另一則，是妻所告之。同樣是那湖，某回早上，她如常的一行，至湖的彎角時，見地上有隻鳴叫的烏鴉，叫聲悽悽，烏鴉旁另有隻死去的同伴。悽聲，揚在早上仍未染塵的晴空，迴盪空空之處，不禁令聽者生惻隱之心，更是甚者，哀音一起，惹來樹上群鴉齊悲嚷，一呼百應，同聲一哭，剎那間，天地都為之動容，腕錶上的時間都為之停頓。

物有「生物」，有「死物」，「死物」就是死的，這是自小所受的教育，漸長，尤其「耳順」之後，慢慢悟到，凡物皆有性，像水向下，火向上，宏觀而言，也是「活活」的性啊，是有其「生命」的，鳥更是吧，更是有其靈性，人鳥之間可以溝通嗎？歷史記載，公冶長是懂鳥語的。公冶長是誰？他是孔子的學生，也是孔子的女婿，「公冶長，公冶長，南山有隻虎害羊，你食肉，我食腸」，據傳，有一次，鳥對公冶長這樣地說。或許，「正統」的儒家只重修身養性，不太愛談這些「特異功能」，更不喜宣而揚之，公冶長的「奇才」唯有成為懸案。

人跟動物的關係可以提升到怎樣的層次？交付現代科學的埋頭探索好了。我走在湖畔，牠飛在空中，同一個天一個地，牠說牠的，我講我的，大家相行不悖，而旭日依然經一夜輪迴開始灑來金曦，兩圈後，我也愜意地收拾行程。

卷四

吾愛吾師

師者，不該只是授業，更應是解惑。生命的行程中曾遇到不少老師，彼此或匆匆而過，或在生命的歷程裡替我解下當時點點的疑惑，留下不可磨滅的履痕。閒來回首之際就讓我燈下一談，談談三個不同階段的三位老師。

之一：那一年的印象，如今已是朦朦依稀，依稀中偶爾會把它點點滴滴地拼合起來，雖拼合，那片段卻還是渺渺，不過，仍在意想不到的時刻閃進我記憶之門。

七、八歲才讀一年級，除了我，其他的亦大多如此。「秋風起，黃葉飛。黃葉、黃葉，你飛在哪裡，落在哪裡？」這是我們的「國語」科；「歐陽修，父早死，媽媽教他寫字，媽媽教他讀書。」這是我們的「社會」科，將這些連貫一起便是我進學的始點了。有陣子，香港教育界強調、教育理論提倡：「學校是兒童的樂園」，引證在我這個愚昧的學童身上，真的是「理想的烏托邦」罷了。一年級時，被罰的居多，獲獎的榮譽從來沒有，視上學如畏途，甚至有一回，到了校門口還是詐病而逃。

她，算不算是我的啟蒙老師？她是我起點時的裁判，既發號施令也檢查有否犯規，她姓甚麼名甚麼？不重要，重要的是她是我小學一年班時的班主任，教國語、音樂。她教的歌，早已忘得八八九九，倒是同學們那番大聲的「喊叫」似乎猶隱隱在耳畔，相反，她的容貌，我依然記得。對著一個鄉村粗鄙的頑童，想她也曾花過不少心血，往事雖如煙，我仍是無言的一謝。

之二：我們都知道，那時候，他剛大學畢業，比我們大不了很多，看樣子是滿腔的熱誠，專教美術，住在學校宿舍。我們呢，中五，面對「會考」之餘思想開始要尋找出路，譬如說，將來如何如何？要走怎樣怎樣的路？更有甚者的是「人」到底是何物？甚麼叫人生？諸如此類，不時，不知從何處湧上心頭。

有空的時候，我們幾個同學總喜歡到他的宿舍找他，大家東拉西扯地胡說閒談，刹那間像友人一般，某些問題似疏通了，人也頓時放鬆了一點。後來想到，他何嘗沒有自己的問題，自己的煩惱，自己解決不了的事情，當然，這「後來」是歲月增長之後。他所說的不盡是準確無訛，甚或可能是非常錯誤，但無妨啊，世事怎可能有絕對標準的答案，會是百分百的完美。他大概是一盞燈，縱然不是亮光大放，至少微明的映照裡我走過一段路，又或者時空配合，我思維要尋覓出口的一刻彼此相遇，這也是塵世裡所謂的「緣」吧。

中五畢業後我們並沒有任何聯繫，偶然從同學間得知他的一些情況，後來更是如空中的柳絮，風一吹，所有的消息都吹走了。而我以後的教學生涯裡，同樣碰到這樣子的學生，自己不禁會心一笑，他們就是我昔日的影子，像棒，一代傳一代，那些心中事千古皆然。

之三：他，我譽之為豪傑，學問上的豪傑，不是人世裡甚麼甚麼「碩士」、「博士」的漂亮「招牌」，中學被勒令退學後，苦讀勤學，是蒼茫不見天日，是自己的力拚而出。他教我們「文字學」，上課時的那種氣魄，那種「力」我最欣賞，情到濃時純真地狂笑，痛罵他認為該罵的，內心能夠當下直接呈現，才不會造作，才可以拒絕阿諛奉承。

有一晚上，我們幾個室友跑到附近的一家戲院，觀賞配上國語的「港產武俠片」。戲開始不久，我們看到他，在黑暗裡小心翼翼地找座位，待他坐好，我們走過去跟他打個招呼。銀幕上出現了女主角，「這個很漂亮！」他立即哈哈地笑說，那番赤子之情絕對是真的。散場時我們「護」送他離去，看著他的背影，我內心只能說：「歲月不饒人。」

某天，不知怎地，聽別人提到，他已不在人世，我立即告訴自己：「在某處，一個力量墜落了。」

幾個年輕人的話語

說來有點可笑，人家看來或許是件芝麻綠豆雞毛蒜皮的瑣事，我卻煞有介事地從不同的角度去左思右想，然後，現在又感而成篇，為的是甚麼？不為甚麼，若定要說個原因，那麼，就是喜歡一如曹雪芹所說的「滿紙荒唐言」吧。

甚麼微不足道的小事？

事情是這樣：前幾個星期的某星期天，坐火車到城裡走走。火車不是第一次坐，景色不是初次相遇，總而言之，平常的心情，尋常的路程，四十多分鐘的呆呆而坐，幹甚麼好？視線擱置在哪裡好？不如看幾頁書好了。書中，自有顏如玉？書中，自有黃金屋？天廣地闊，能在書中找到「顏如玉」找到「黃金屋」，誰敢說不是人世間的好事，很「才子佳人式」的美滿愉悅。不過，於我，簡單得很，讓時間暫時凝止，讓紅塵片刻不染，讓我享受非財物可換得到的寧靜與專注。

看著看著，火車按站頭的次序呼呼直奔，呼嘯裡，隱隱地，聽到後側面幾個該是留學生模樣的年輕人在閒聊談天，不是風聲，不是雨聲，是他們清清脆脆的話語，且是他們和我都熟悉的鄉音，在空氣裡瀰漫往返，他們談甚麼，我沒有怎樣地留意，倒是後來他們的一些說話，忽然衝破防線似地聲聲入我耳。他們談了些甚麼的事情？男男女女談汽車論飲食，由韓國車到日本車到歐洲車，從粵菜而川菜而泰國菜，好不熱鬧。我依然無言，想到的是，塵封厚厚，夢裡依稀的那些日子，那時，父親老是對我們「說教」：「讀書人仔講書篇，耕田人仔講樹田」，眼前的不是「讀書人仔」嗎？好像並沒有聽到他們「講書篇」。

後來，竟反反覆覆想著這件事情，而且，「反省」地，自己告訴自己：「『阿伯』，你迂腐了，你落伍了！」即使「讀書人仔講書篇」，難道要從一早起來就講，講啊講，講到黃昏天黑，不可以輕鬆一下嗎？何況，甚麼的年代了？尤其是二十一新世紀的今天，我們所生活的這本大書，一掀，所有的文字與圖片都毫不客氣地向你催眠，不管日與夜，向你遊說，不管聽的是男是女，誓要撥動你的心弦，「鼓勵」也好，「引誘」也好，終極目標是叫你拚命地消費，拚命地吃喝玩樂。「勤工儉學」的往事已成歷史標本，冷冷地躺在默默的圖書館，留學生在餐館打工以籌措學費嗎？大概已不多了。

何況，為人父母的，誰不希望子女的生活過得比自己的一代好，縱然吃過苦，捱過艱困的歲月，有誰？有多少父母？以超越凡夫的胸襟識見，硬要子女鍛鍊於自己昔日的那條崎嶇之路，天蒼蒼，野茫茫，風吹草低，不見牛羊，只見險途上的血淚斑斑。回首從前，如今想來，當日年輕時，我們也都狂妄不羈過，父母長輩眼中，我們未曾經過烽火，是不曉人生憂患處處的「幸福一代」，總擔心我們兩肩挑不起重擔，只是我們懵然不覺惘然不悟。

不過，從「舊社會」裡走來的我，不論地怎老天怎樣荒，不論人生舞台上演甚麼戲，不論上了月球到了別的星球，仍然堅持人生道上必然要「樸實力學」、「奮進自勵」。青春可以無悔，偶爾，揮霍，偶爾，有所恃，也是人的常情。只盼，他日，面對「窮」的時候，這「窮」不一定是指金錢上的缺乏，乃「窮則獨善其身」的「窮」，他們可以「善其身」，可以進退有度。只盼，有朝一日，時代所需的話，他們一樣可以奮身而起，如一顆棋子，站在應站的位置，歷史的位置。

一個青年的獨白

似乎，越來越感到自己有點「老」了，雖然，還沒有到三十歲，有甚麼證明？如果你問我，我告訴你，像以前，餐館一打烊，一般來說，已十一時多的晚上了，但我仍跟他們一起去找節目，譬如，打打電子遊戲機，唱唱「卡拉ＯＫ」，或退而求其次，到某人家裡喝喝酒，聊聊天，玩玩電腦。近來，卻提不起勁，他們雖七嘴八舌地叫了我好幾次，我還是推了，一離開餐館就回家睡覺。

跟他們相比，確實，我是長了好幾歲，論出道，也是早了幾年，或許，已失去了剛出來做事自己可以花錢的那種興奮心情，是的，那時候，手上有錢就要找地方來吃喝玩樂。

那麼，我現在是會想得遠一點？是成熟了？我不知，只是有些日子裡覺得有點累，也想到，除了餐館外我能做甚麼？這些，我是從未想過的，突然，「通」了一通似的，所以，去年報讀個甚麼酒店管理的課程，算是相關於自己的工作及經驗，但一個月不到就不讀了，原因？主要是沒有了那股讀書的勁，也想多賺點錢。

我剛來時不是落腳於墨爾本，父親那份工是在西澳，他在香港幹了幾十年酒樓，後因機緣申請移民，還記得，交了申請表格，很快便批了，他常說，在香港的話，他不可能供我們兩兄弟來澳洲讀書，輾轉間，由西澳而悉尼而墨爾本。我一到澳洲就讀高中，說到父母，偶爾看看，他們也有點老了，平日，我們之間沒有甚麼交談，雖然對於他們，我內心仍是有點點的敬意。說到底，當日他們帶我來是對抑或錯？很多人都說，香港是個處處商機的地方，將來有一天，我也會回去工作？前兩年，我們曾全家一起回去探親，對於香港已有些陌生脫了節的感覺，昔日的同學早已沒有聯絡，如果真的回流，我又憑甚麼可以跟人家拚呢？

前陣子，香港特區政府公布了甚麼「居留權」的準則，一時間，來自香港的移民議論紛紛，我明白一些，又不明白一些，然而，我有香港出生證明書、香港身分證，總算是個地道的「香港人」，有朝一日該可以合法居留吧，這暫不管了，何況，這話題也漸冷卻下來，做做鴕鳥，未嘗不是件快樂的事情。

朋友之間，只是嘻嘻哈哈的居多，女朋友是唯一可以談點心底話，Amy是我第三個女朋友，前兩個已煙消雲散。說「女朋友」，其實不大貼切，同居又未至於此，「半同居」似乎是對一點。她是土生土長，黃膚黑髮，會說一點不流利的廣東話，我們這一代的愛情故事當然有別於上一代，說愛就愛，說離就離，朋友問如「走馬燈」，一個轉彎，很可能地，大家都交換了彼此的「男朋友」或「女朋友」。父親為人較開通，也不管我這些事，不管我的女朋友是「貨如輪轉」或是「風水輪流轉」，他還是默默地做他的工作。倒是母親，她經常提醒我，也是她的底線：「千祈唔好娶『鬼妹』（絕不可娶洋妞）！」我的女朋友，算不算是「鬼妹」？我也不知怎樣回答，唉，如今的年代再加上在澳洲，是不是過了時的想法呢？結婚？我從沒有考慮過，由結婚而帶來的問題，像住屋、儀式、雙方家長等等，令我想也不敢想，多煩人！大家快快樂樂在一起，不是很好了嗎？

曾聽人家說過一句好像很有哲理很有思想的話：「無根的一代」。甚麼意思？我不完全清楚，我們這一代，我們朋友之間，是屬於「有根」？還是「無根」？若果有，是怎樣的一種「根」？太抽象了，我只想賺錢、賺錢，「六合彩」，很難很難中頭獎，股票較為實際，且總比在餐館苦幹好，現在的社會不同了，像父母一代的「死做爛做」（只顧拚命做）是沒用的，多少要來點投資，甚或冒險才有機會。

對了，好像是吐了一大堆苦水，幾年前而已，那時那有這麼多的囉囉嗦嗦，卻滿足自在得很，原來，不去想生活才舒舒服服，想了反而患得患失。好了，不想了，明天是農曆大除夕，一定忙得亂七八糟，早點睡，睡個好覺。

快快樂樂的Joe

阿Joe是快快樂樂的。

這是我的直覺，但通常是錯不了。

記得他剛來的時候，巧合得很，第一個就是遇上我，我以為他是來取貨，他在門口站了一陣子，有點靦腆的，所有人都忙啊忙，我要拿點東西，走了出來，看見我，他就問：「廠長在嗎？」

原來他是跑來找工作。

阿Joe二十多不到三十歲，個子高高，不知是甚麼的經驗告訴我，這樣子的洋青年大多是無憂無慮、快快樂樂，他果然就是這「大多」之一。

很多時候，在工作之際他會自哼自唱，甚至有節奏地手舞足蹈起來。我總感到，跟洋人比，我們就是缺少了這種「原原始始的開開心心」，我們這一代不用說了，從小便被灌輸種種的「危險意識」，甚麼「生於憂患、死於安樂」，甚麼「修身、齊家、治國、平天下」，甚麼「勤為無價寶、慎乃護身符」，對於下一代，我們也是諸多的期待，甚至把他們視之為自己的化身，未完成的事，未達的「大志」都放在他們的肩上，「子承父業」是絕對的真理嗎？

有一天，跟他閒談，他說讀完了第十二班便出來做事，這裡打打工，那裡幹一幹，他認為生活挺不錯，不必擔憂這麼多。放假，他會開車跟女朋友到處走走，尤其喜歡打獵及釣魚。

後來大家熟稔了，聊得更多。他的祖父母也是移民而來，對於讀書的成績，他父母從來沒有甚麼要求，讀的是政府學校，平日，同學間嘻笑喧鬧的居多，高高興興的一天又一天。

「為甚麼不去讀大學？」我問。

來了、來了，似準備好了一大疊的講義，有頭有尾，論據十足地向我滔滔而訴，比如，讀大學不一定有用，大學裡只是理論的東西居多，不若早點出來社會爭取實際的經驗等等。若是嚴肅的事情，他認真的臉色就會如今天的神情，像大多數澳洲人為甚麼不支持「共和」？何華德政府為甚麼要搞「GST」？不管說得或對或錯，他都可以引他自己的「經」別人的「典」來辯辯而談。有一次，談到父母子女間的問題，我說，我們這一輩的中國人而言，都會奉養父母，他詫異地問：

「如果父母有工作又如何？」

「做子女的往往也會給他們一點錢。」

「crazy。」這一句是他的結論。真的是「瘋」了嗎？我們的一代，怎樣才算「不瘋」呢？

每逢休息時，他都喜歡在外頭坐坐，吃點東西。我們幾個和廠長則在休息室談談笑笑，偶然過了點時間，他會帶點生氣地敲門叫嚷：「喂，時間到，快去開工。」

你可以說他是不懂人情世故，不知天高地厚，這或由於文化背景與及性格的不同而使然，久了，我們也見怪不怪，甚至有些時候還笑著說：「鐘響了，那傢伙為甚麼還不大叫？」

昨天，比較清閒，工作了幾下，他就拾起身旁的一根棍子，拿起要包裝的貨物當「板球」來打，揮了幾棒，叫了幾下，樂了幾樂。說到工作，他是個勤奮的青年，準時上班，準時下班，幹了幾個月沒有請過假，叫他加班，他也欣然答應，只是偶爾地我行我素，用自己的那套方式去行事，公司裡的某些老規矩或舊做法，他都視而不見。

對的，在他身上，我看到一種「本性直出的快樂」，沒有矯飾，要來就來，只是人為的社會，諸多規範和要求裡會否吃虧，甚至被淘汰？我不敢說了，芸芸眾生裡我還是以自己認為合適的招數來對拆，至於甚麼是「真正的快樂」，我更不知如何回答。

又是清明，又是清明

法理上是澳洲人了，但故土厚重的文化深情卻難捨難離，何況，悠悠五千年，怎可能直砍而斷，斷得不著痕跡，還幸，澳洲強調的是「多元文化」，胸襟廣一點，視野闊一點，宏觀而看，各人殊異的來處像花像顏色，為這遼闊的土地發放不同的芳香，增添不同的色彩，所以，故土與新鄉調節得宜的話，並沒有甚麼的衝突，更不會有「內心的鬥爭」。又是清明，又是清明，先前有詩一首，此刻再來散文一篇，是為了考驗自己，「文字感」是否退化了？「生命感」是否麻木了？

中秋，有處處的月餅廣告提我，咱們的農曆新年，還用說，如今的鞭炮燃得更響，獅舞得更精彩，清明呢，誰來告訴我？有甚麼商業的價值？「清明時節雨紛紛」，放在今天的大氛圍裡到底有多少人會細細一讀？今年所寫的〈又是清明時節〉一詩，我最後的「結論」是，親情不斷，縱然絲絲的，不管人間、天上，除非我不在人世，否則，心中永遠有「清明」。父親去了二十多年，母親離我也十數載，芸芸眾生，「他」何以成為了我的父親，「她」何以成為了我母親，千古不易解破的大謎，當然，我想，不同的宗教自有其一套圓滿的說法。

我是有所憾，姊弟的掃墓中缺了我的清香三炷，「遍插茱萸少一人」，出於一千二百多年前王維的〈九月九日憶山東兄弟〉，這七個字看來淺白平淡，但倘若身在其中，倘若是切膚之痛的，就會驚歎當時只有十七歲的他怎會如此早熟？

怎能如此地嘴嚼到人生的無奈？二十一新世紀的「十七歲」會問，詩，寫來幹甚麼？上網、打機才是當今年輕人的生活主題。切勿誤會，我不是貴古賤今，古皆是而今皆非，時空相異，那有不變的，一部《易經》說的是甚麼？簡而言之，只有一字：「變」，時代在變，潮流在變，不用懷疑，現代人的生活就有我們自己的一番面貌及內容，不全等於過去，不一定相同於未來，至於變裡的那個「不變」，究竟是甚麼東西？「道」無處不在，自己尋尋覓覓好了。

我是四十多歲以後始體驗到那種「無奈」，四、五年前的某次回去，剛好遇上重陽節，父母親的靈龕前，我默然無語，我虔虔敬敬，持清香深深三鞠躬，內心不無一種「補償」的味道，那年補了，以後的年年歲歲又如何？

人生的遭遇不外是緣，父子一場是緣，母子一場也是緣，生我育我，撫我教我，漸長，漸了解到父母的艱難，漸領悟到人生的不易，漸明白生命的不可能完美。這一場的「大緣分」，數來亦不過是匆匆幾十年，日子一到，彼此血肉之軀便會揮手大別，但揮不掉的親情呢，卻可以超越時間，可以超越空間，可以由有形而無形。有時候，忽然間，昔日的某些片段湧來，避無可避地闖進我回憶的屏幕，哀哀父母，生我的劬勞，要細數，即使今天精密的電腦也難算得一清二楚，《詩經》說：「欲報之德，昊天罔極」，天下子女同聲一嘆。

晏殊的〈木蘭花〉有言：「無情不似多情苦」，我知道，本來無一物，可有一天，我可以瀟瀟灑灑地活在當下？這「瀟灑」不是逃避式，不是不食人間煙火，是嘗遍了人間紅塵，是透悟了父母恩情後的昇華，是無情、有情間的適可互動。

又見重陽，又見重陽

又見重陽，又見重陽，甚麼時候？說來慚愧，星期一早上，打開當日的某份英文報紙，即時映入我眼簾的新聞照片的焦點不是首頁那「失意總理」陸克文，而是他身旁的中國人，與及他背後的「龍」和「獅」。我想，「定是跟『自己人』有關的消息。」於是，細看一下，原來是說，昨天陸克文跟一眾「粉絲」在悉尼某公園慶祝中國的重陽節。重陽，到了嗎？我馬上跑去翻翻「中國曆」，對，明天，陽曆是十月二十三日，阿拉伯數字的下面，端端正正地印上「重陽節」三個字，而且告訴我：「初九，霜降。」

不管走到天地的哪一個角落，以我們這一輩來說，血液的流動若是有聲響的話，必會呼和著黃河長江的滾滾滔滔，不同的，只是或多或少、或深或淺、或「形而上」或「形而下」而已。然而，話是說得漂亮了，重陽節，如此秋意也詩意也孝意的節日，惘惘失失中要「外人」來提點，唉，「不肖子孫」果真不肖矣。不過，話亦可以說回來，不用太自責，尤其身在不是以自家文化為主流的社會裡，重陽節本就應寂寞的，它有甚麼具體的象徵？中秋有月餅，端午有粽子，重陽呢？吃的既不是，看的也不是。

重陽節，有甚麼「實際」的用處？

《續齊諧記》有這樣的記載：「汝南桓景隨費長房學，長房謂曰：『九月九日汝家當有災厄，急宜去，令家人各作絳囊盛茱萸以繫臂，登高，飲菊花酒，此禍可消。』景如言，夕還，見雞犬牛羊一時暴死。」這樣的傳統故事，落在今天不少中國人的情懷裡，恐怕真的是「心如止水」。來點應節的情調？不必說棲身在澳洲的我們，縱然故土上的親朋戚友，紅塵格外飛揚的今日，登高乎？飲菊花酒乎？繫茱萸乎？有多少人仍能有如此的雅興？只拚命追求官能刺激的年代，「雅興」，是奢侈的東西，多少錢一公斤？可以吃得飽？喝得醉？

那份英文報紙的老編恐怕他們的非華人讀者不明白，所以，「解畫」地寫上：「..... in which the Chinese remember their ancestors」，問我，我肯定知道，那遙遙的彈丸之地的家裡，重陽一如清明，兄姊弟數人會相約拜祭父母。我自己呢？明天會如何？明天仍要幹活，仍是早上的八點到下午的四點半，登高？沒有可能了，齊去掃墓？沒有可能了，只默默的內心，默默的祝福，祝福地上的眾兄姊弟，也無言地永懷天上的父母。

又見重陽，又見重陽，十月的墨爾本還有點點寒意，這樣好了，茱萸與菊花酒，就把它們繫在飲在精神上，無形而永恆。

卷五

第二次的煉劍

第二次的煉劍？那麼，第一次呢，是甚麼時候？在哪裡？

地點是那個盆地，一瞬間，已是三十多年前了。第六宿舍、新宿舍、文學院大樓、圖書館、和平東路、龍泉街等等，重重疊疊的步履，匯成了花開花落又花落花開的日子，猶是小愁小寂寞的歲月，劍煉成怎麼樣？撫心而問，煉得不過爾爾。四年後，畢業了，厚厚的「畢業紀念冊」的「獻詞」，當時不知怎個樣子，「與有榮焉」地落到我身上，最後幾句，我是這樣寫：「再穿上芒鞋／再掛上煉了／一千四百多個日子的寶劍／再度迎著風與霜／無窮無盡的路又展在眼前」

老實說，那是既青春又火氣熾烈的日子，如此的說法未免老氣橫秋，甚至煞有介事似的。但世事難料，想不到，真的應驗到此時此刻的今天，我就把它名之為「第二次的煉劍」。

「第二次的煉劍」始於五十歲那年，忽然，大夢初覺似的，刻骨銘心地念到人生有限，血肉之軀遲早萎墜於地，人的一生為的是甚麼？人海茫茫，同活於一個大空間裡，我是誰？誰是我？就只是人云亦云隨其波逐其流而已？即使是一顆釘子，一粒棋子也要好好為自己定位，好好了解自己到底「是個甚麼的東西」？無明、癡愚、鈍拙的我硬想要打通「精神生命的任督二脈」，於是乎誓言再度煉劍。

工作之後，雜事之後，面對時間，雖然它是車，我是螳臂，仍不怕不自量地用力撐擋。或深深的夜，我仍未眠，或清清的早，我霍然而起，獨自煉劍，燃燒著文學、哲學、歷史，不少人心中的「無用之物」，方寸間是熊熊之火也泰然坦然，直追往昔，遙想未來，神遊古今，恍兮惚兮，不知人間何世亦要尋個明白，人間實在是何世？

近來，再加太極拳一物，拳劍應可合一。四時多，寒寒中我跟隨那聲響擰得極低的古箏而舞，打得不好，沒問題，我享受的是那個時刻，天未亮，大地還沉沉寂寂，好像天地間只剩我一人，與天地一起呼一起吸，我暫時丟下一切是是非非，一切對對錯錯，天地本來就無是無非無對無錯，超乎於人間。早上，一打既罷，身心怡然後，打開電視看看新聞，又接回人世。

第一把「寶劍」煉了四年多，這一次的煉劍，煉到甚麼時候？可以修成正果嗎？我全不知道，也全不理會，套用現在大家時髦的說法：「好好享受煉劍的過程。」又或者，了然一悟，人的一生不過是不停地煉劍罷了。

燈

很喜歡燈的意象。

小時候，住的是鋅鐵皮木屋，用的是「火水燈」（煤油燈）。「火水」兩字，不知是誰所想出來的，那種「水」能夠一下子燃點，能夠一下子「火」上來，見景而直悟而直取，不象徵不隱藏，「見山是山」的，真有意思。把「火水」倒進燈的體內，再插上玻璃的「燈筒」，然後擰起燈心，火柴一擦一點，燈便亮了，當然，亮度不夠，映照的範圍不廣。小孩漸長，家裡換了較大的，父親一生謹慎，眼中的我們是危險憂患意識不足，怕我們不小心，或是讀書溫習時睡著，其後果就是燈倒而「火水」滿地，不堪設想的災難可思半矣，於是在燈的頂處架了條橫木，木兩端頂著鋅鐵皮木屋的兩壁，木下掛上了的鐵勾緊勾著燈。

這樣的一盞燈陪伴了我們不知多少個夜，直到家裡「現代文明」的到來。這種「文明」跟別人一比，我家是落後了很多很多，千呼萬喚地等，千千百百個日子地等，等到那個晚上，手一撳，光管一亮，「舊時代」終於走了。說來可笑，以前的燈火闌珊，可以遮去處處的簡陋，大放光明裡卻無所遁形。而且，唉，自已沒有怎樣的「大志」，論「詩意」，論那幽幽淡淡的味道，憶念的軟件裡，刪不掉的仍是「火水燈的日子」。

外頭的文明又如何？沒有街燈的歲月，我們夜裡外出，要打個燈籠嗎？不是，那是屬於「聊齋式」的古老光景，不過，總得要拿個手電筒，一邊走，一線的亮光便搖晃在眼前，直到時代轉變，歷史的巨腳一踏而前。還記得，我們親眼看著一些「巨腳」步伐的邁進，比如，路燈吧，先是馬路鋪了、燈桿豎了、工人動手了，最後，是我們伸起脖子，仰看頂上黃黃白白的亮火。鄉間的夜闃而無聲，一切都像沉澱了，只因這一燈，我們有了「新地標」，偶爾出來走走，在燈下指指點點談談說說，如此的聲響碎破了完整的夜，頑童頑劣，忽然，忘記了是誰出的主意，拿起石頭拿起彈丫射向默然的燈火，要考考燈殼的厚度。這一幕，幾十年前了，燈已換了又換，朝代改了又改，昔日的同伴今何在？他們會記得這如煙的往事？

詞裡我讀到了人間的燈火。

像辛棄疾的〈青玉案〉：「東風夜放花千樹」，想像中，真的是火樹銀花，亮耀而熱鬧，最後那幾句又成為人生大事業大學問的大境界，在我看來是與燈火相輝映。好一句「萬家燈火」，是我所沉醉的，回頭遠看，黑夜裡是每家點點溫醇的燈火，回來吧，人間的煙火即使是暫時的歸宿，也是暖人的歸宿啊！

如今，多少個清早，多少個深夜，是一盞桌燈伴我，燈火暈然，加上書齋後院的寂寂，頓時，讓我的思緒可以不受拘束，世間的災劫與不幸，暫且忘掉。漸漸，窗外像一幀水墨畫，由濃而淡，由夜而凌晨而早曉而到東坡居士所謂的「不知東方之既白」，宇宙的周而復始，人間的夢也該醒來。我把桌燈熄了，又回到紅塵的世界。

孤燈一盞，最能使我享受人間的大靜。

燈，文明的象徵，人類進步的里程，但目前竟有「光害」的威脅，即使是「正」的東西，若過了頭也必然衍生出「負」的一面來，所以，世間事物的兩端，必須要捏準平衡的一點，我們不能不慎，包括思維與舉動。

食飯

人不能不吃，放下甚麼哲學，甚麼「偉大的思想」吧，就談吃，就談談吃飯。

吃飯，「老廣」習慣叫「食飯」，日常生活裡碰面的當下，會打過招呼地問道：「食過飯未（吃過飯沒有）？」、「甚麼時候一齊食餐飯（甚麼時候一起吃頓飯）？」一般而言，到了書寫時的「書面語」才「一本正經」地說：「吃飯。」為甚麼？地老天荒，是因為九音的粵語，默默隱隱裡，至今仍保存著某些古老的臉貌，試看看，《論語　述而》：「發憤忘食」；《禮記．大學》：「食而不知其味」；《禮記．學記》：「雖有嘉肴，弗食，不知其旨也」，若把這三篇的「食」字換成「吃」，似乎，那種「古拙味」就全失矣！

上段的《禮記．學記》所言，以白話一譯，是說：「雖有美味佳肴，不吃的話，就不會知道它的滋味來。」我們可以把它的意思一改，「雖是食，倘不用心專注，又怎能嚼出其真義來？」此話怎說？先來兩則故事。

第一則，夜校學生阿Joe告訴我的，已是二十多快三十年前的往事了。他說，有一年，他到中國旅遊兼探親，某日，食肆用膳，旁桌來了個食客，他點了一小碟菜，白花花的飯來了，霎時，只見他心無旁騖，低下頭，張開口，用筷子不停地「撥」啊「撥」，「撥」啊「撥」，幾乎是一口氣地，就已把碗裡的飯食得八八九九。阿Joe驚詫的不是「食法健康」的問題，卻像恍然地「頓悟」了，幾十年的人生，此刻，此情此景，讓他始知甚麼是真正的「食」，甚麼是真正的

「食飯」，原來可以是如此淋漓盡致的。

第二則，我是親身的見證者。年輕時，在「師大」，學雜費全免，包括一日三餐。我們拿著湯匙到膳堂，膳堂供應盤子，端起盤子，要了菜，舀了飯，隨便揀個位置，放下菜與飯，便用湯匙挑食。年輕人就是年輕人，遇到菜式不如意，也加上故意地湊湊熱鬧，一人發起，眾人和應，敲起盤子來，即時，劈拍且喊叫之聲四處迴響，一時間，氣氛高漲，大家都忘記了「食」這主題。

且慢，倒有些年長不少的同學，就像平時，他們帶了筷子，盤子端端正正地放在眼前，一碗青淡的菜湯擺好，無論甚麼的菜式都視作山珍海錯，慢條斯理地細細而嚼，彷彿，「食」是世上最神聖的工作，也該盡最大的責任。別人敲盤大嚷嗎？他們呢，即使泰山崩於前，依然無改他們的本色，以靜制動，氣定神閒。回想起來，我們當時是噪噪的「陽」，他們是默默的「陰」，他們以「柔」化解生活上種種的不盡人意，而背後的分野，是因歲月的歷練，對於他們來說，是「人生不如意者十常八九」之後，是多少的烽火災劫之後，「食」同等一種幸福，「飯」是用來珍惜的。「一粥一飯，當思來處不易，半絲半縷，恆念物力維艱」，《朱子治家格言》又豈是我們火紅年紀的一輩所能讀得懂。

放在今天，我們喜言「飯局」，這局的「飯」，大家也知道，不可能光是「赤赤裸裸的食」、光是「原原始始的飯」，裡面夾上了其他的雜質，像談生意，像交際應酬等等。就算獨自一人，我們也會一面食，一面看電視，或一面翻報章，或一面按手機，往往，本末倒置，甚至，只是一種下意識的動作，結果是食而不知其味。

也像世事，有很多，我們已忘記了它的本義。

告訴自己，甚麼時候，只來一次也好，用心用力地嚼出失傳已久的「食」味及「飯」味來。不過，不要誤會，天下間的事情是相對的，不必定於一專，不必唯我而獨霸，親戚喜慶事，朋友久別再逢，酒樓茶肆，把酒言歡，甚且，再加「香港人」的「雀局」，「雀聲」一起，喧鬧四揚，高高興興的，為甚麼不可以？換個場面吧，有「副產物」的燭光為伴，也是人性人情所允許，天大地大，總能容納一切，寬容的大海，定是接收百川，春夏秋冬寒來暑往的轉轉復復，證明澄明的慧智該是圓渾通透。至於何時應動？何時應靜？恰到好處的境界，就要看各人的功力了。

食，每人都要面對，但最重要的，請記住，本質上，我們是為生存而食，一生人絕不是只為了食而生存，前者是人，後者是其他動物。

飲茶

飲茶，飲甚麼茶？烏龍？普洱？香片？不，談的不是可以在室內一人獨飲，可以「幽幽地」那種，是外頭人多，聚在酒樓裡，大家喧喧談談，笑語盈盈的「飲茶」。剛來時，見唐人餐館門外斗大的字眼：「天天飲茶」，猜想，莫非這家餐館是叫：「天天」，而且，所見的幾乎每家都是「天天」，又難道是連鎖式的經營？當然，後來弄清楚，原來是「每天『飲茶』」之意，只因文化背景不同，社會情況有異，我們的經驗及習慣裡，還用問嗎？「一盅兩件」怎會不是天天開門，怎會不是日日蝦餃、燒賣、鳳爪。

天天都「飲茶」？小時候的日子，連月月、年年也不是，遑論天天。那麼，甚麼時候才有機會去「飲茶」？等稀有的親戚從城裡來訪，這「城」字不是故意說的，那個年代，新界、九龍、港島不像現在的「一體化」，截然地分成兩個世界似的，那邊，車如水馬如龍高樓疊廈的城市容貌，這邊，楊柳岸曉風殘月清靜儉樸的農村風味，首輪電影，往往是在彼處放映得闌珊時才移師來這邊，我們始能一嘗滋味，且事後每每以此為話題而說之又說。

一般酒樓餐館的名字都喜取「富貴榮華」、「金玉滿堂」、「龍鳳呈祥」等等的字眼，以大紅大紫的名號在世間角逐，當然，凡事不會百分百的絕對，那時，家居的元朗有間叫「冠元」的，說來遺憾，我從來沒有進去過，「飲茶」時分走過門口，只見熙攘熱鬧，生意興隆，「名字的效應」是其中一個原因嗎？為甚麼？「冠」者，首也，「元」者，大也，亦是首也，後來讀了點書，認識了「元亨利貞」，為其取名的老兄，有沒有想及這樣的哲理，我不知，但「冠元」兩字於人世煙火裡又不流於媚俗，放在今天，一切皆直接，一切赤裸裸，大概，是高呼「一哥」，叫「一哥酒樓」。

另一間，小小的，並不起眼，叫「榮泉居」，每天中午十二點左右從母親擺檔處走去上學的途中，正是「飲茶」吃飯的時刻，外面是陽光，背光的裡面我看得不大清楚，只是傳來陣陣熱鬧的飲食嘻笑聲，料生意也該不俗吧。若借莊子的「逍遙」來說，人家的大經營是「大鵬」，是「鵬之背，不知其幾千里也，怒而飛，其翼若垂天之雲」，是呼呼的風雲，是龍樓鳳閣的裝潢，他呢，是「小鳩」，隱藏於短街窄巷，只跳躍於榆樹枋樹間便心滿意足，茶客也是附近的街坊鄰里居多。當然，莊子「逍逍遙遙」的真正精神並非如此，好了，不談莊子，談「飲茶」，同是茶一壺，點心數碟，最後是「埋單」，你有你的高高興興，我有我的開開心心，吃飽，外面的世界，一樣地，又等著我們急急的步伐，等著我們的全情投入。

「飲茶」，乃「廣東文化」、「香港文化」的一部分，酒樓餐館林立，個人也好，跟朋友相聚的社交也好，一句「飲茶啦」對很多人來說已跟生活融為一體。飲「早茶」？有些是很早很早的，像環境所需，快快吃過，速速填飽腸胃後，工作，這不講人情的傢伙便在另一頭無聲地催喊，喊得人要趕車，甚至要趕渡。有些，像年事已高的，退休以後，一大清早就起來，去酒樓「飲茶」成了習慣，一般而言，他們吃得不多，泡一壺心愛的好茶，吃嘛，一碟兩碟左右的點心，跟一坐下便要風捲殘雲大喝猛吃的來比，他們是「無為」，後者是「有為」，一本《道德經》，老子提倡讚揚的是：「為無為，則無不治」、「上德無為而無以為」，所以，論「食道」的境界，他們可以昂然踏進大門，其他的，不過是匆匆地解決生理的所需。

九年前回港，弟弟住港島中區，出門便見摩天的大廈，給人的感覺是很時髦很現代，與傳統應是一刀而斷。錯了，某個早上，他帶我左上右落似地，走到一家茶樓，叫甚麼名字？忘了，最忘不了是伙計拿來的不是茶壺，是茶盅，甚麼叫茶盅？我憶起小時候看《黃飛鴻》系列的黑白電影，黃師父與眾徒弟如粱寬如牙擦蘇等等在酒樓「飲茶」，用的就是茶盅，盅身若杯，但無杯耳，且較扁闊，伙計提壺一沖，立即把蓋蓋上。要喝嗎？過一陣子，可以了，一隻手，用兩指「夾」起盅身，另一手的兩指，微微斜斜地拈起盅蓋，於是，彼此間露出一條小縫，然後，不慌不忙地往茶杯裡倒出茶來（至於真正的指法，我是孤陋寡聞，得請教高明）。如此的閒，如此的情，怎會受到只顧衝啊闖啊的現代人所歡迎。再來個比喻，那是「生活」，我們此刻呢，是「生存」，休假回去，放鬆步伐，多點多點「生活」始是放假的原意啊。

小時，鄉村裡隨處亂跑的日子，那有甚麼的「飲茶」可言，我們都說，人生數十寒暑罷了，可是，這「數十」裡卻又可以有想也想不到的轉轉折折，怎想到自己會飄洋過海，怎想到會活在南十字星的星空下，更想不到有十多年工作於「最中國人的行業」的唐人餐館。跟晚飯相比，中午「飲茶」的餐堂工作容易多了，見碟收碟、見蒸籠收蒸籠、見空壺斟水，但非「見山仍是山」、「見水仍是水」的「禪」，至於「見碟」、「見蒸籠」、「見壺」之後，最後能見到甚麼？恐怕還是碟還是蒸籠還是壺，還是滿堂熱哄哄的食客，還是踏踏實實的生活。

中國文化？太難說得清楚，尤其在西海之地，一如「太極拳」，「飲茶」成了一個象徵，只中國人一家，別無分店，且殿殿堂堂地成為了英語的新詞：「Yum Cha」，此乃粵語的音譯，食以外，亦是文化交流的副產品吧。

詩與畫・逍遙與莊子

以詩以畫構成萬丈紅塵中的「莊子世界」。

甚麼的詩？甚麼的畫？

詩，我是以現代詩十首來展現莊子的思想精神，裡面有闡釋、有領悟、也有跟莊子唱唱不同的調子。譬如說，〈尋〉，尋甚麼？尋「道」，「道」在哪裡？「很中國式」的答案，無處不在，而且不必東奔西跑，最重要的是：「在每個人的深心間。」〈不過是晝夜罷了〉是另外一首，寫莊子的「生死觀」，生和死，人生的大關卡，沒有人可以避而不見，不同的宗教自有不同的解說，莊子呢，他認為生死如日夜的變化而已，所以，生不足以喜，死不足以悲，也因此，妻子死時，他「鼓盆而歌」，夠豁達了吧，但要清楚知道，最初他亦如常人的「我獨何能無概然」，其後才徹然大悟。「放得下」的心境，是裝不出來的，不能光把莊子的名字掛在嘴旁，舌頭滑滑地拾人牙慧，須要的是後天一番沉潛篤實的功夫。

「不知周之夢為胡蝶與，胡蝶之夢為周與？」這是出自大家熟悉的〈齊物論〉。蝶，美的意象，想像是文學的靈魂之一，我想像裡的蝶不只一隻，千千萬萬，不只飛在莊周的眼前，飛啊飛，飛往門外，飛在城內城外，飛在阡阡陌陌，飛來哲學，飛來人文精神的天下。「子非魚，安知魚之樂」、「子非我，安知我不知魚之樂」，莊周、惠施之辯，一直傳下來，傳到新世紀的我們的耳畔，可是，我不說誰是誰非，不說魚之樂，不說莊周之樂，只問，何謂「快樂」？非善非惡，無悲無喜，無「快樂」、亦無「不快樂」，直指澄明通徹的本性。

莊子哲學、現代詩，怎樣融而會之？怎樣用現代的技巧表現古典卻又是永恆的智慧？對我，是嘗試也是挑戰。

畫，是弟弟杜之外的現代水墨，這回，水墨淋漓筆法縱橫的精神源頭是來自莊子的〈秋水〉。山山水水，雲雲霧霧，濃淡虛實間何處是「有痕」何處是「無痕」？更或是，何處是「有」何處是「無」？有有、無無，無無、有有，是由於心有所執，何必硬要守絕對，而不想想相對？弟弟自小酷愛藝術，記憶所及，上世紀的七十年代，當他還在讀教育學院時即已舉辦個人畫展，其後為求「道」而努力攻讀的四年大專開拓了思想的空間，漸漸，「一切即一、一即一切」，容納萬物的「空」成為他作品的內在生命。

八十年代他與友人創立「熔爐」，出版《熔爐通訊》，任主編，在香港這「三合土的森林」裡推展藝術評論，還記得，初辦時是「手寫版」，一筆一筆就是一份心血一份堅持。三十年來的滾滾征途，塵土飛揚，有人中途離去，有人勒馬不前，有人不知去向，這何足怪，畢竟，藝術一如文學，也一如人文的東西，道路是崎崎嶇嶇，環境是寂寂寞寞，若不能耐崎嶇，不能忍寂寞，其他的何用再談。近十年，他南征北討，澳門、香港、加拿大、澳洲、星加坡、上海等地都見到他展出的蹤影。好像是前兩年的事，忘記了是來信呢抑或是電郵，他提到，我們何不來一次聯展，他的心意，我是明白的，詩與畫，中國傳統以來便是不分割的「雙藝」，兄弟二人既然這麼巧，江河滔滔，同撐竿於此「雙藝之舟」，人生的雪道上，何不一起留下點鴻爪，更何況，我知道，大前提，我們同樣是以傳統又「入世」又「出世」的人文精神作為安身立命的重要養料。

逍遙，誰不想逍逍遙遙？誰不想自自在在？怕只怕世事紛擾，而「於今尤烈」的眼前，用甚麼的方法才可獲得內心的逍遙自在，問自己，問旁人，我們真有不知何去何從之感。你叫「內省」也好，你叫「反思」也好，莊子「至人無己，神人無功，聖人無名」的大胸襟大氣量，莊子的哲思，擺放在今天，難道不值得我們細細嘴嚼？

歷史的步履走到此刻，似乎，生活都只一面倒地斜向物質化、斜向機械化、斜向管理化，被「管」得不知陰晴圓缺，不知日起日落。詩與畫，逍遙與莊子，就讓我們在詩畫裡遊一遊，在莊子的逍遙裡遊一遊。每人的才性有異，這又何妨，每次，用眼用心一讀這大天大地，每人，都不過是一個初學者，很多很多的未知，等我們攀登。即使是短暫的片刻，也任思維的翅膀拍一拍，躍一躍，擺脫一下日常不得已的桎梏，徜徉一下「莊子的世界」。

寫於「逍遙：渡渡杜之外詩畫展」前夕

最後的考試

是一年前的事了。

跟自己說：「這該是最後的考試，不可以輸，要他日『告老歸田』時無悔無怨，要以光榮的戰果作告別。」

我想，真的，最後的考試了。我明白，人的一生本是一場又一場的考試，直至我們年老，直至我們赤裸裸地回去，回去無聲無息的大靜大寂，這些考試，我們自己是考生，也是考官，分數、操行、評語等等，統統由自己填寫自己反省。但我講的是「很正式」的那種，人家出題目，你坐下來應考，有時間限制，時間一到，停筆、收卷，然後別人告訴你成績如何，及格與否。

我這「該是最後的考試」就是身不由己的後者。快到「耳順」之年仍要趕赴戰場，只因工作的需要，十多年來算是風平浪靜，然而，世事不會不變，世局不會永遠凝住不動，相比之下，貨物間的來往，以前算是「輕描淡寫」的重量，如今，越來越多「咬緊牙關」的了，徒靠兩手兩腿一肩一背是「舊時代」裡的搬搬運運，應付不了新世紀不少的「巨型特大號」。公司的「阿頭」說：「大家要去考個牌，公司裡只得一兩個有執照怎行？」

甚麼的「牌」？「鏟車」（forklift）是也，包括我，有好幾個，不得不硬著頭皮。

雖然，頭皮要「硬」著，可是，忽然夢中一醒似地，告訴自己，既然不能不面對，就奮起吧！讓我贏取最後的一役，給自己一個美麗的句號。大半生數不清的大測、小測、平常測、突擊測、模擬考、實際考、大考、小考等等，戰績呢，平平而已，有時候更是平平以下，沒有甚麼輝煌可言，這一仗，定要老老實實地向自己交代。

報名，兩種課程，一是連續四天、一是兩個週末及星期天。連續四天？不方便，不用幹活嗎？把生活上的雜務暫且推開，利用週末及星期天。報名表遞過，學費交過，就這樣等開課？不，人已老，手腳怎如年輕小伙子的靈活，怎可能在短短的四天裡變出驚人的戲法來，若不事前做足功夫，花錢花時間罷了，嚴重點的叫「白白犧牲」。做甚麼功夫？報名時拿了一冊講義，雖是英文，問題不大，多翻字典，大多都能理解，最致命的是記憶力，少壯的日子早已遠去，記憶力最強的日子早已返魂乏術，怎辦？廢寢忘食，讀至深夜仍兩眼直睜，或大清早眾人的夢裡我卻一覺而起，是這段日子的真實寫照。考，不光是理論，沙場馳騁才是真刀真槍的評核，幸好，公司有一大一小的鏟車，禮貌上問問老闆：「可以用來練習嗎？」他直接得很地回答：「為甚麼不可以？」好，有了無後顧之憂的「堅強靠山」，我就全力以赴，上下午各十五分鐘的「喝咖啡休息時間」（coffee break）不喝咖啡了，熱心熱情的兩位「超級大哥」不享用他們的歡樂時光，親自坐鎮陪我，由基礎教起，其他已有執照的同事也偶爾指點指點。

如果，年輕時能這樣流自內心的鞭策奮蹄，生命的遭遇就不一樣了。

上課。所有學員，除了一個非洲人外，其他都是黑髮黃皮膚，看來，大家的祖籍全是左鄰右舍的亞洲國家，老中青三代共治一爐，我肯定是入三甲的「長者」。老師，先慣例地介紹他自己與及有關的事項，他每一出口，都夾雜一連串激烈粗爆的「助語詞」，難得地不理世俗而「豪情」直瀉，我們亦不是青澀而年少的十五二十時，人間煙火並不陌生，以一笑一樂迎之化之解之。十多人一班，解說完畢，每人初試啼聲地開開鏟車，下午，他把講義裡的理論題目匆匆一說，第一天結束了。第二天，大家輪流練習，當然，人情世故，無分古今中外，車，不是你個人的財產，彼此協調，相互遷就，大家儘量公平地使用，正因如此，時間並不充裕，唯有靠在公司裡置諸死地而後生的惡補。

第二個週末的那天仍這樣，單調卻實在地練、練、練。然後，大家等明天的到來。

考試。考官，不是我們原有的老師，外面派來的。理論題的筆試先考，「必答題」不能有錯，若錯一題，請「再早點報讀下一期」，其他，容許百分之幾底下的答錯。一拿題目，立即看一遍不許有失的試題，心中一定，提筆疾寫，就先做那些「不能死」的。全部寫罷，小心地一看又看，沒問題了，便交給坐在眾人面前的考官，他馬上在你跟前批改，若寫得不清楚，他會口頭問你，答對，等同寫對。其中一題，他問：「這情形下，應是怎樣的速度？」我想了一下，亂猜亂碰地答：「四十公里。」他說：「不，減低速度。」唉，「普通常識」得很嘛，只怪自己的英語理解力不夠，不過，錯了無傷大雅的一題，好，過關。

最後，是最關鍵一仗的路面考試。要前進後退地走過一道稍彎的小斜坡，不可以碰觸到兩旁豎立的「圍牆」，分別從三處或高或中或低的架子裡拿出及放下綁上「貨物」的「集裝架」（pallet），再放回別處。所有的規定動作有時間限制，我著意地輪在最後一個，等別人考完了走了，「冷冷清清」下，施施然地，儘量以一顆「一切放下」的心情跟「最後的考試」一鬥。還幸，試前一天的練習時，得萍水相逢的「蘇州老弟」相助，點出我最弱一環的癥結所在，教我徹底了解後退的技巧。坐上考車，不算信心十足，但鎮鎮定定地，前進後退，沒問題！信心轉強，拿出、放下「集裝架」之際，我格外謹慎，抬頭、側看、一瞄再瞄，最後一個架子了，更不慌不忙。趕著吃午膳嗎？考官走來，叫我稍微快點，又不是超出時間，你奈我甚麼何，我總不能功虧一簣，若匆忙間一拉，「集裝架」倒了，這樣的殘局，誰來收拾？最後，一拿一放及又放回另一處之後，把鏟車停在指定的地方，我知，勝利在望。下了車，考官再問幾道「完全沒有挑戰性」的問題，我一面答，他一面寫，答完，他就給我拿去申請鏟車執照的表格。

兩星期的苦讀苦練苦熬終成過去。開著車，回家的路上我心情愉快，沒有騙自己，這回，我確是無愧。

身在澳洲

為甚麼會身在澳洲？這次，「答非所問」算了，既然來了，一如事情已做了，還問做的因由，不是浪費筆墨與時間嗎？不論是甚麼的因緣對錯，或是歷史裡的命運，走過的路已成了此時此刻的我，我們身在澳洲，打算長住下去也好，打算過客式的一兩年也好，我們都踏著這片大地，都要面對著不能不面對的問題。

一個朋友常言：「來到澳洲，賺到的就是居住。」一般「香港人」的認知裡，在澳洲是不容易賺大錢的，錢以外呢？很考人且絕無肯定答案的難題，所以，不提也罷。總的而論，澳洲確是好住，就說季節吧，春就是春，夏就是夏，秋就是秋，冬就是冬，各具不同的容貌，不像世上某些地方，春夏不明顯，秋冬差不多，以做人為喻，澳洲是「喜怒分明」、「賞罰分清」。

初來時，帶著兩個小孩，住在墨爾本西的Essendon，租的是該有幾十年風霜的房子，秋來了，後院的幾棵樹滿是紅葉，頓時，我意興勃發，叫他們跑過去，看看季節的轉換，大自然的本來面目。某天，開車走在Brunswick，兩旁落葉紛紛，在我車前旋起旋落，那不就是小學一年級，「國語」課本所讀過的景象，那不就是昔日元朗鄉間所見，秋天跟落葉的景致嗎？一晃間，只感到時空對調，歲月無聲。冷雨的寒冬，抬頭一望，每每就見禿禿的枝椏，飽含默默的水珠苦撐著灰暗的長空，近來，春到人間，到處是萬紫千紅。

最近的學校假期，相約了一大堆朋友帶同各自的子女，去Portsea一遊。走上小徑，快到目的地時已聽見浪聲滔滔，及至目的地，我眼前的視野頓時空闊無邊，內心幾乎驚叫起來，滾白的巨浪一個接一個，洶湧拍打，那是東坡居士的「驚濤裂岸，捲起千堆雪」啊，千堆雪可以捲在黃州赤壁，也可以捲在五百多年後，這南半球某處無人的岸邊，其壯觀處卻沒有不同。月，可以明在故鄉，也可以照在不知名的某個角落，驚濤、明月，它們不會只厚古人而薄今人，要看，就看看我們的心胸了。

人，會自然地懷念吾土故國，但也可以開放自己，除了蝦餃、燒賣、「飲茶」之外，一顆不封閉的心是可以融和相異的顏色，一色未免單調，不妨多著色，人間到處都有好風好景。

身在澳洲，身在任何地方都該有如此的情懷。

卷六

我對面的George（之一）

那天，開門之際，又見到George。

George住在我對面，大家相距咫尺而已。

他來自南非，我來自彈丸之地的香港，論各自的源頭，南非、香港，在地理上來說，真的是「牛頭不對馬嘴」，不管怎樣地拼湊也不可能會拼在一起，想不到，是「移民」這傢伙的穿針引線，當然，他可以「移」去歐「移」去美，我也可以跑往別處，如今，世上七十多億人口裡，大家竟然開門就可相見，這除了叫「緣」外還有甚麼好說呢？

可以說的是從十九年前開始吧。

那年，我們搬到這新地方，岳父岳母等人從香港來訪，岳父的專業是園藝，他來的其中一個目的就是要為我們整理種植前後院的花花樹樹，工具呢？慚愧得很，除了最最基本的以外，真的是「一無所有」，岳父唯有發揮他專業及克難的精神，譬如說，用原是放垃圾的垃圾桶去盛載鋤起來的泥泥草草，慢慢小心地推走於前院與後院。

對了，就是這推推走走，某回，我們從外面回來，看到岳父用的不是垃圾桶，卻是堅堅實實合乎「澳洲國家標準」的那種，前面是獨輪的手推車，兩旁的扶手一提一放，輕巧方便，運用自如，省力省時，問他，他說：「對面那人拿來的，他笑說了幾句，我雖聽不懂，但知道他的意思，是借給我用，真多謝他。」

「對面那人」，我知，就是George，人世間，有所謂「身體語言」，而人不管何種膚色，七情六欲的表達，絕不會是東和西南跟北地各走一方，一個眼神，一個手勢，彼此便能領會於心。或許，正因此，「大同世界」仍隱隱地立在我們的前頭，當然，路是漫漫復長長，且更要待人類的醒覺及智慧。

這就是我們一直所稱的「守望相助」嗎？

有一回，我隔壁Grace的剪草機壞了，那麼，下文如何？稍等，先說一下Grace，此人，可用我們常言的話來形容：「沒有甚麼機心。」碰面，都是笑意盈盈。記得，有一天下午，有人按門鈴，我開門看看，看看是甚麼事，原來是她，來借牛奶，她有朋友來訪，想沖咖啡之際，一開冰箱，始發覺沒有牛奶。Grace不管甚麼事，大概都抱著「船到橋頭自然直」的作風，所以，凡事不憂慮，這裡，絕不是諷刺，不少相比之下的，卻是，唉，憂柴憂米，甚至，憂不該憂的，忙不該忙的，孰好孰壞，各自深思吧。好，說回來，她一見George即大嚷：「George，請替我修理！」我一看，她的剪草機真的是「亂七八糟」，髒，不講了，上好幾次剪完後乾枯了的雜草仍亂塞在一起。George一笑走來，蹲低，左弄右弄，最後，一拉，馬達轟然一響，頓時，行了，我們三人齊笑叫好起來。

十多年前，妻做了個不輕的心臟手術，事後，大家相遇聊天時說起，他竟臉帶嚴肅地問：「為甚麼不早點告訴我？」除了說聲謝謝外，我心中不禁一「顫」，他是醫生嗎？告訴他，有甚麼用？但我也知曉，那是他的一番心意，大概，他覺得：「大家是鄰居嘛。」或者，原因更簡單，他心目中認為只要大家相識，一個相識就應相互關心。

他來自南非，概括而論，是從「西方文化」出來的，我由香港移民，根柢是「東方文化」，自小便涵泳於「華夏文明」，我們兩者間有何不同，很大很大的考題，要言，從何言起？千差萬異的不談，就以「說」來說，我們大多不喜歡凡事都毫無保留地一瀉而盡，多少事都傾向於「埋在心底」，總是表面的寒寒暄暄，而他們，像孩子考試考得好，甚至昨天踢球踢進一球，見到你，甚麼的開心事，可以如長江水滔滔的直滾，希望你與他共同分享。

我們不一定讀聖賢書，但在大氛圍裡依然受薰陶影響，像「信言不美，美言不信」，老子說的；「敏於事而慎於言」，《論說》說的，老實講，閒來有多少人會翻翻看看，但不能不受其潛移默化，雖然，我們也有濁酒、笑談、豪氣的一面，但卻是「處處防備」的居多。到底，誰優誰劣？是因我們的「憂患意識」格外濃厚？而所以濃厚，正因歷史悠長，如飽經滄桑的長者，是不容易輕言甚麼的，果是如此嗎？

文化的長河裡唯有開敞胸懷，吸取新營養補充新血液才能更壯闊大開，奔放得更驚濤拍岸。

我對面的George（之二）

初識George的時候，請他到我家吃頓晚飯，做甚麼菜？春捲、豉汁牛肉、粟米雞茸羹等等，這些，用句舊話：「不在話下。」不同文化背景自有不同的口味，異樣文化相遇，不可著急，慢慢地彼此認識、適應，然後相融。

對，就是不同的文化，依時候，他按門鈴，我開門，大概，第一次到別人家裡作客，帶點東西做禮物是人類的「共識」，你猜，George帶的是甚麼？我也以為是一瓶白酒或紅酒之類，不，是一小盆白花，是甚麼花，我不識，為甚麼要給人家花呢？有甚麼用意？我更惘然，總之，是人與人交往時的一點心意，這便足夠。

「文化」這東西，往往是無法以理性地分析說：「何以會這樣做？」剛來時，帶「大小狗仔」上學，偶爾，鐘響了就離開，也偶爾看看他們排隊、升旗、老師在台上講話。某回，講話後，是校長頒獎，學生上台領獎，我留心看著，沒看錯，校長沒有用雙手給學生，學生也沒有用雙手接取，這一「小動作」，我們是很「敏感」的，也是「對」、「不對」、「禮」、「不禮」的分野，自小就灌輸，但難道，眼前這小學校長就不懂禮嗎？

那一年，九月的學期放假之前，學校在不遠處的社區中心辦了個大型活動，請了社區上有關的政客，學生的家長與全校師生更不用說，大家興致昂昂地擠滿了禮堂，也安排了不少節目，包括最受家長熱捧與高興的舞蹈，親眼目睹自己的小孩開開心心地又跳又笑，即時，全場的氣氛熾烈燃燒，當音樂一停，一曲既罷，歡呼叫好聲、掌聲轟然響起，包括眾學生裡不少的口哨聲。口哨聲？是的，用拇指食指一觸一屈地放在嘴裡一吹，雖混在雜聲中仍清晰可辨，曾作過「人之患」，尤其身為「訓導」一員的我，深知這樣的行徑，在我們的認知裡，糟了，特別在貴賓在家長面前，唉，多「丟臉」，訓導主任可頭大了，多少的事情要跟進，要查查是誰吹的，要當面訓斥，他們呢？沒事，見怪不怪似的。

那晚，「南非兄」的George，「香港人」的我，彼此歡談，談些他來處的點滴，談些我故地的風土人情，天地之大，很多很多東西是相行而不悖，不必以為只有自家那套東西才是唯一的絕對。

南非盛行的是足球嗎？他與他黑人的妻子都熱愛足球，薰陶下，一子一女皆如是，可是，捧的球隊不一樣，其他捧曼聯，只有他獨喜利物浦。每每，放工下車，一推車門相互見面時，我們都不期然聊聊足球，記憶所及，有兩回，他最為高興，一是那年的「英國足總盃」決賽，利物浦對阿仙奴，阿仙奴領先一球，但後來，當時的主將亨利馬失前蹄，未能再增添紀錄，埋下吃敗仗的因由，果然，利物浦的奧雲兩下突襲，二比一，阿仙奴的領隊唯有黯然飲恨。

另一的，是「歐冠盃」的「戲劇性決賽」，利物浦與ＡＣ米蘭廝殺，一開賽，ＡＣ米蘭便風捲殘雲地一掃，一下子就三球在手，當時，我心想，太難看了吧，還有好長好長的時間啊，難道要利物浦吞完一「蛋」又一「蛋」，誰知，真的是世事難料，利物浦急起直追，再加上點運氣，三比三，加時延長比賽後，以「十二碼」球來定生死，利物浦守門員力擋了對方的射門，最終，利物浦奪冠。我們邊談邊笑，George笑得格外開心，眼看所捧的球隊在領獎台上高高舉起金盃，內心那種喜悅、滿足不是「外人」所能體驗到，George說時格外熾熾熱熱地口沫橫飛，我是理解的，且更有一種「代入感」。

這次「世界盃」，George在一年前已有「大計」，早就請了兩個星期大假，他跟我說，先把所有的初賽看完，然後，再細細欣賞十六強賽事，所以，比賽期間的大清早，我有時微微推開百葉窗看看，看到他窗口透出絲絲弱光，靜寂寒凍的凌晨裡，真感到「有伴同行」啊。烏拉圭戰完義大利後，相遇，我問他：「『牙擦蘇』到底有沒有咬人？」他毫不考慮地說：「當然有！」肯定得百分之百，此語一出，大家都笑起來，然後，各自推開自己的家門。

我對面的George（之三）

George的太太大概是南非「土人」，皮膚黝黑，一子一女直受遺傳，同是一樣的膚色。兒子讀的是運動之類的專科，畢業後，在一家著名的體育用品公司工作，後來結婚生子，偶爾回來看看父母，見到我時都會「嗨」的一聲地打個招呼。他工作得十分開心，該公司贊助「澳洲國家足球隊」，他更是負責球隊活動的事宜，上屆在南非舉行的「世界盃」，George的兒子因利乘便，為公也為私，與父親及一家人一起回祖家，那一次的回鄉，對他來說，真的是「彷如隔世」。

早在事前，George見到我時已提及，且不期然流露出興奮之情，我問：「上一回是甚麼時候？」他笑答：「移民二十多年，這是第一次。」第一次？二十多年？或許，換在我們的認知裡是「不可思議」的。二十年啊二十年，由哇的一聲墮地，至此，男的可以「玉樹臨風」，女的可以「亭亭玉立」，世上又是多少遍的潮漲潮退，多少人來了又多少人去了，有人成功立業，有人辭官歸故里，唉，總之，二十年，尤其，今日的世界，不敢想像的天翻地覆。我沒有問：「漫長的日子裡為甚麼沒有回去過？」問來幹甚麼？有些事，是不必問的。

他此語一講完之際，我即想到唐代詩人賀知章的〈回鄉偶書〉：「少小離家老大回，鄉音無改鬢毛衰；兒童相見不相識，笑問客從何處來？」他該不知咱們的唐朝，該不知甚麼的「七言絕句」，不識渺渺的賀知章，但裡面的情懷豈有東西之分，古今之別？只要有正常的人性，自然有此喟嘆。他回去時，應有兒童覺得這「uncle」十分陌生，因為從未見過，也該有人說他的子女也是他們初次的相識，人間事，不論身在何處，可以說是「不過如此，不過如此」的「人同此心，心同此理」，南非、香港、唐朝、今日，大家皆會為久別重逢而相擁喜泣。

子女大了，有陣子，見他出入都帶著一頭狗，問他，他說：「最近買的。」白色的毛，甚麼的品種，問我，是問道於盲，等如向夏天問冬季嚴寒的容貌。放假的清早，見他帶狗晨運，他剪草，狗或伏在地上，或搖尾踱步，總離他不遠，分不清是他照顧狗，還是狗照顧他。我始終有一疑問，子女成長，人漸老後，真的沒有別的事可做嗎？

不過，近年來，不同了，女兒與及她的小女孩跟George夫妻倆同住，他的狗，說來，我都很久很久沒見過了。所謂與他「同住」的女兒，用實際且時髦一點的說法，叫「啃老一族」，回來黏著老爸老媽，為甚麼會有這樣的叫法？唉，不算罕有的社會現象，但這倫倫理理的問題真的是一言難盡，並不容易回答，我唯有交給別人去應對吧。

George的孫女，可以用「嬌小伶俐」來形容，瘦瘦小小，兩眼大大，每次看見我走過，都跟我打招呼，搖手說再見。早上，外公外婆上班，她出來說「拜拜」，黃昏，外公外婆回來，她喜孜孜地出來迎接，可是，她自己的母親呢？免了。小孩是直覺的、不隱瞞的，誰疼她，她就直接地表現於外，也由此可見George對孫女疼愛的程度。有一黃昏，他回來，見他小心翼翼地推車門而出，抱著用毛毯包裹著熟睡了的孫女，天寒地冷，這一幅「祖孫圖」也是放諸四海而皆準，有正常人性的地方都會自然地暖暖流瀉。

所謂「鄰居」就是見面時大家談談笑笑，有事，能幫忙的就幫忙，其他，各有各的天地，彼此不必老是每晚在電話裡長談細說，甚至喋喋不休的。

卷七

魚

（一）

很多時候，走過唐人餐館，會見到一些魚，當然，不是在海裡，不是在溪裡，是游在魚缸裡，魚缸往往擺在進門的顯眼處。

魚，好好游一游吧，我心中竟傻傻默默地跟牠們說。或許，片刻之後，經某食客一指，廚房員工的手起刀落，大廚的或蒸或「屈」，魚啊魚，便成為眾人目光的焦點，桌上清香四濺的佳肴。

香港是如此，這裡的唐人也一樣，「海鮮」是不少客人要點的一道菜，尤其咱們真的是會吃的民族，一條魚，何必老是丟往油裡炸，「紅燒」、「清蒸」皆表現出我們吃的藝術。就以「清蒸」而言，嫩滑可口的肉質，加上恰到好處的火候，再灑下葱花芫茜，一念至此，舌下立即滲出嘴饞的口水來。

不過，一想到范仲淹，想到他的〈江上漁者〉，便有點煞風景了。他說：「江上往來人，但愛鱸魚美。君看一葉舟，出沒風波裡。」

唉，范仲淹，你為何老是跟人家唱反調的呢？你的「先天下之憂而憂，後天下之樂而樂」，超重的重量，早已把傳統的讀書人壓得「不敢越雷池半步」，不要不識時務，不知情識趣，大家正酒酣耳熱，猜謎猜枚，吃喝喧笑，甚至「卡拉

OK」，你卻……別人那有空那有心去想風裡浪裡的一葉小舟，舟上的漁夫呢，真是的！

既然，你在前，我也不甘你之後，大家都聊聊魚吧。我想到莊子，想到莊子的好友惠施，有一天，他們同遊濠水，莊子看到魚，但沒有打算將之釣上來而大快朵頤，只是欣賞地說，魚游得自由自在，快樂得很。惠施一聽便不服氣地問他：

「子非魚，安知魚之樂？」

這是出於莊子的〈秋水〉，著名的「濠梁之辯」，如此的辯論，落到今天，有多少人會「耳動」一下？但我肯定，范文正公，你必是讀過的。你不是魚，你怎會有魚的切膚之「樂」，惠施是以「物我當必有所隔」去說莊子的不是。這回，我借此一用，也借此一問，但我亦反轉了惠施的問句，面對廚師的巧手下，譬如，「糖醋魚」，眾人都起筷，大家都齊聲讚賞之際，怎會有人慨嘆：「子非魚，安知魚之『痛』？」

尤其，今日，我們都一口咬定「消費者的權利」足壓倒一切，其他的，與我們何干？要來個感恩，感漁夫之恩，感魚之恩嗎？未免太不懂人情世故了！

（二）

說來是二十年前的一則往事。

那時，剛移民到此的第二年，舊同事劉老兄來訪，其實，他真的是「路過貴境」，他也是

「自我放逐群組」裡的一成員，不過目的地不是墨爾本，是抱著順道來看看的心情，然後北上悉尼，兩年後，也就回流回港。

我先來了一年，大家算是久別重逢，當然是高興不已，前一晚，我是「略盡地主之誼」，一點意思地在家裡以便飯款待。那夜，他反作東道主，約了「一干人等」，在附近的一家唐人餐館請客。

席上，大家談談笑笑，說說聊聊，這些，暫且不表。好，點菜了，我們都讓同事主其事，他翻翻菜單，略點幾個後，再問部長：

「有沒有游水魚？」

「有。」

「蘇眉多少錢一磅？」

同事故土來，眼前的環境氣氛，大家都講講吃，先問問「香港人」在外面吃飯時常吃的蘇眉的價錢是人情得很，也是一種「自然反射」。那部長語帶認真地答：

「今晚的蘇眉不太好，不如點別的魚。」

後來點了甚麼，我早已忘得一乾二淨。大家吃得開心，也稱讚部長老實。

也是後來，才知墨爾本的唐人餐館根本沒有蘇眉供應。這件「魚的往事」，寫來幹甚麼？為了譴責？不是，說實在，我們沒有甚麼損失，或許，以江湖觀之，這部長倒是高手，更或者，為「虛擬」的蘇眉慶幸，否則，我們的口福換來了牠的遭殃。

雪與酒

早已移民的學長耀明兄農曆新年時，自迢迢的美國寄來年卡一張，卡上是直行的聯語一對：「揉春為酒／剪雪成詩」

耀明學長出身於「國文系」，果是別具慧眼的精心之選，那該是出於姜白石的「便揉春為酒，剪雪作新詩」吧，捧卡在手，面對有點蒼拙的字體，細細吟詠，閒適自怡裡又是一番的感懷。

把春一揉就可成酒，那是怎樣的一種酒？詩，由雪剪成，又是甚麼的詩？文學的世界不只限於手可觸腳可碰的實實在在，插上想像的兩翼，便可以讓冷硬的一事一物有情有貌。

說到雪，我是無法體驗，白小長於比江南更南的一丸之地，群鶯亂飛木棉花開，暖暖的春不冰凍的冬天，雪，跟我沒有甚麼緣分可言。

酒，我不是善飲的人，但人世間有時興高采烈的氛圍裡，要推也推不掉，像某年，歡送同寢室的學長畢業，幾個人圍坐，喝的是金門高粱，酒到喉頭，如燃燒的灼熱，也似那時的歲月，火紅豔綠的青春。後來，浪子式的客居彰化，包括我，兩三個初出道的年輕老師，好幾回，聚在我租住的小室，邊吃火鍋邊喝酒，管它外面是怎樣的世界，大家都是不羈中暢言朗笑。附近或大或小的「拜拜」，我總被邀前往，免不了輪流相敬，紹興酒是一杯接一杯，一巡接一巡，都忘了，當時是怎樣胡亂地應付。

如今，俱往矣，不是說冬天的雪秋天的酒，是那些日子。當日聚坐一起的呢？一散，便散去了，各有際遇，可是，又未有再遇，昔日這些彰化鄉下的年輕同事，幾年後再無聯絡，只剩下一抹回憶。人事如過客，終會馬蹄踏踏而去，不若大「道」的恆在。

要喝，就喝揉季節而成的酒，要詩，就剪雪而寫，但是哪一家的酒肆呢？「衛星導航」可以帶我去嗎？剪雪成詩，唉，住了二十多年，這墨爾本的東南，日常生活裡，何處可見飄飄的雪花？休矣，所以說，我的生活，肯定的，沒有詩意，依舊只是木然無味。

男女關係

閒來有時也想起以前談戀愛的日子，不過，一晃眼已是幾十年前的往事了，如煙如塵，一吹，就可以四散紛飛，那麼，提來幹甚麼？

只因認識一些留學此地的年輕人，不少是一雙雙，一對對的男女朋友，彼此合租共住一房子，也即所謂「同居」了，唉，何必這麼落伍，一見這兩字便大驚小怪的，我雖常提醒自己，但卻仍詫異於某些女孩子，其中一個總愛對人說：「哼，我將來不一定要嫁給他！」

另一個呢，她笑言：「結婚嘛，將來的事，好好享受眼前才說。」

你一言，我一語，眾人喧喧笑笑，獨是她兩人的男朋友無言以對，頓時，默默不語。

這些東西「吃虧」的不是女孩子嗎？豪氣灑脫，這番話該是男孩子說的才對，再一次地，唉，又是自己古朽的想法作祟。

新的一代就是新的一代，果然是敢把天地翻轉弄倒，不但科技日新月異，連我們的思維也要重新排列組合。新世紀正慢慢踏來，我也得要好好準備，隨時武裝自己，否則，只能在驚駭中過日子。

影子

看見「大狗仔」的時候，不期然想到自己跟他同樣年齡時的童年歲月，我是說，當他在家裡拿著小小的皮球亂投亂射之際，那不就是我昔日不知天高地厚的高高興興嗎？竟可以跨越幾十個寒暑而延伸在眼前。

在香港時他並不十分喜歡運動，還只是專注於電視上所播的「兒歌」，真猜不到來了澳洲仍未夠一年，就迷上了籃球，星期六、星期日的NBA及NBL（澳洲本土賽），他總是不放過，美國籃球明星的名字，他大都耳熟能詳，米高·佐敦的復出，令他高興不已。我不知道他用甚麼辦法，弄來不少的「籃球卡」，很多時候，東一堆，西一疊，滿地皆是，一個不留意就踩個正著。

往往，一有空，或溫習完功課，便利用「喘息」間的暫短時刻，手拿著擒來的小皮球左右開弓，或躍起而投、或遠射、或勾手、或模仿某個明星球員的姿勢。不過，目標不是籃球架上的籃筐，而是家裡擺放鞋子的鞋架，他是要把球投進鞋架上的皮鞋、球鞋裡，或鞋與鞋間的空隙，真虧他想得到！

我經常嚴厲地對他說：「一切嚴重後果由你負責！」如打破玻璃、損壞東西等等。但這種「威嚇」對他來說，真的是三分鐘熱度罷了，熱度過後，他依然是左起右跳，自得其樂。

把「警告」牌子高高豎起是我的責任，一家之主嘛，也是累積而來的經驗，深知這樣的玩法，沒有人敢保證他絕對不會出錯，一出錯，善後的麻煩事情會麻煩誰呢？不問也知吧。言者惡惡，聽者的他卻全沒記之於心，回頭一想，不要太動氣，當日自己不也如此嗎？不同的是足球而不是籃球，家門口那窄窄的小巷就是我的「足球場」，由早至晚老是聽到我把球踢向牆壁時的砰砰聲響，家裡每一寸可作為踢球的空間，我皆物盡其用。

當時，父母亦是屢次跟我說：

「小心踢到別人。」

「踢破人家的東西，我沒有錢賠的。」

我呢，最多不過是胡亂地搪塞幾句，也就如此地，足球伴著我成長，迄今仍是我最愛的球類運動，所以，完全禁止他是沒有可能的。他那邊廂享受他的投投射射，我這邊廂不斷地口頭喝止，縱橫交錯，時空交替，日子便這樣子地悄然溜去。

我是幾十年前父母的某些翻版，他是我幾十年前的影子，加起來，這就叫「人生」嗎？

體驗「天道」的保羅

保羅，是哪一個保羅？還用問，眼前的沸沸騰騰裡，人氣，不，「魚氣」升到最頂峰的，你認為有誰？還用猜，當然，是「神算章魚」保羅，「神算」啊，牠的威勢氣勢何只於「世界盃」，你看，連某經濟學家在市場預測性的分析報告中也「聰明」地、「有所保留」地加了一句：「除非章魚保羅有不同的看法。」這叫「君子不立危牆之下」的新解嗎？

好了，「世界盃」已結束，熱潮退走，大家不禁想到，保羅呢，章魚保羅的去向如何？大概，「極有生意頭腦」的人腦筋靈活，總認為該乘勝追擊，讓牠繼續猜這個猜那個，甚至周遊列國，即使擺擺姿勢，收收門票，都肯定可以賺個滿堂紅，何必暴殄天物。但該海洋生物水族館的發言人在七月十一日表示，保羅不會再作任何預測，只幹回他的原職，就是令前來探望牠的孩童歡笑快樂。

好，說得好，說得乾淨灑脫，如今，保羅抖去一切，簡簡單單地幹回牠的本分，這正是咱們道家「功成身退，天之道」的風範。為甚麼「功成」之後要「身退」？因為這是「天道」，是宇宙回復往還的自然之道，動極就應退回靜，退回「根」。多少魚，這回又錯了，是多少人不察不明，攀到最高處仍要攀，不懂退，不懂毅然放下地回到本來的面目，結果呢，往往是「十年英名一朝喪」。

悠然自在地留在水族館，他日若去就與天地為一，章魚保羅體驗了「天道」，不對、不對，其實，是人體驗了，不要因章魚保羅的神奇而忘了本末。

愚人節

三月底的時候，不知怎地，忽然想到「愚人節」來，這不知是傳自何方的玩意，五十年前讀小學的某一天，忘記是誰跟我說的，總之，打從那天起，我就知道世上有這樣子的「節日」，歷史的源流如何？我並不清楚。

該屬於「大節日」呢還是「小節日」？或許，眾人眼裡最重要的是有沒有假可放？其實，生活平平淡淡的無味，或忙忙碌碌的夾縫裡開開無傷大雅的玩笑，有何不可？當然，底線要捏得準，不偏不倚，不寒不燥，笑了之後，大家就把它抖走，彼此再「重新做人」，也像船，船去水無痕。似乎，沒有聽說過，朋友間因「愚人節」愚人一下而招致反臉，甚至成仇的故事，若弄到這樣子局面的話，真的，是頭號的愚人了。

二零一一年的歲月尚幼嫩，但年初至今的人間事，令人扼腕搖頭的居多，譬如說，日本的地震海嘯、利比亞的烽火、物價的騰漲等等，怎辦？有甚麼解救的妙方？沒有，凡夫的老百姓往往是無可奈何而已。不，不，有，有，何不向身不由己的紅塵，身旁的眾生「有法例根據」、「拿了許可證」地玩一玩，鬧一鬧，讓窒悶彆扭的日子透一次氣。

若是被人愚了，如何？不開心嗎？何必，請看：「大智若愚」、「大方無隅」、「大器晚成」、「大音希聲」、「大象無形」、「大巧若拙」、「大辯若訥」，「道家」的智慧是無分古今的，世間的東西不要老是往一邊著眼，現今的年代我們強調的是「多元化」，所以，思想，亦應是：一正一反，順向逆向地探索。很多事，最後，不過是走回原來的起點罷了。

可惜，剛過了的「愚人節」，日夕見面的同事，包括自己，並沒有愚人或被愚，我們在起居飲食上缺了點幽默感嗎？

等

生命，是一場「等」嗎？

生命的最最初，就已經是等了。等呱呱墮地，等張開兩眼，等看看這世界，這到底是一個怎樣的世界？我們還會記得起它跟我們剎那初遇時的印象嗎？可以說，我們本身懵然不知，知的是父母，他們知道肚裡的小孩會出生，但依然是等，等這「產品」的真正出現，出現了，等「品質」的驗證，而且，一般來說，不是一兩日間的事情，總要等一段時光，甚至一輩子。

之後，「等」是「連續劇」，會接續而來。

等上學。我們這輩，好呢？還是不好？幸呢？還是不幸？等到七、八歲時始入讀小學一年級，如今，那會等得這麼長，等得這多久？大家熟悉的是口中甚麼甚麼的「學前教育」，一句話，似乎是越早越稚幼就越佔優勢，但一入「學門」深似海，所謂「快樂童年」的時光便縮得短了。

然後，等小學、等中學、等大學、等……

啊，漏掉一個，我們小時候，等過年，一年中最彩色繽紛，最快快樂樂的那幾天，等得好久好久，來得慢，去得快，多惆悵，多愁煞人。

（如今，又為何走得這麼快，一眨眼，甚麼？又一年了，「時間」這傢伙會變魔術的嗎？）

好了，算是畢業了，又換來等工作，等事業，等成功與否，又或者，再等男女相遇，等婚姻，等有小孩，終於，又等回我們的父母，父母的父母的父母，一直推至第一雙父母的那種「等」。

我們可以擺得脫如此的行程嗎？

有沒有不用「等」的一生，那又是怎樣的一生？

有始有終，到終了，我們還是在等，等那一天世間沒有我們，我們會去了哪裡？天堂乎？地獄乎？在我看來，不過是回歸於零，回歸於大靜，與天地為一。這一天，要等多久？誰曉得？曉得的是好好走下去，這是不用等的當下即是，也是唯一的能戰勝「等」，天行健，君子自強不息，「等」又能奈我甚麼何！

卷八

對話

一天裡，我們不可能不說話，而且不會只跟自己自言自語，總得要與別人交往也交談，總得要和對方對話。有誰，會算一算，到底二十四小時裡我們說了多少話？有用的？無用的？有意義的？無意義的？尤其如今，手機在手，手到嘴來，方便得很，講啊說啊，長長短短，好像沒有「話不投機」這回事。如果，誇大一點說法，這是個「對話的年代」，可不可以？

有一年，回香港，甚麼的因由？「主題」是探親，「副題」呢，不用說，是吃喝玩樂。某日，有事到旺角，坐地鐵，站是過了一個又一個，可能不是繁忙時間，乘客不多，我坐著坐著也隨意看著看著，忽爾，一瞥，見到前一節的車廂裡，有位年輕人，他沒有坐下來，手抓著頂上的扶手，對著塞在雙耳的「講話機」，也對著他眼前的幾位乘客，拚命地講、講、講，拚命地對話、對話、對話，且動作頗大，甚至來個手舞足蹈似的。

隔了不短的距離，加上車聲人聲，我聽不到他的所說，見到的只是他「無言」的嘴巴又開又合，又笑又樂的表情，有點「默劇」的味道。現代科技「幫兇」下的對話，可以是如此的「洶湧澎湃」，一波一波的浪濤，拍得坐在前面的，不知，有沒有被濺濕，被那浪濤，那水花。我想，他說的，不會是甚麼「祕聞」、「內幕」吧，光天化日之下，眾目睽睽裡，大概，沒有甚麼「吸引力」，卻害得別人硬要「洗耳恭聽」。

記得小孩子時候的某段日子，很久很久以前的歲月了，不管校內校外，曾經流行一句「輕撥式」的對話。阿甲罵阿乙：「你蠢！你考試永遠吃鴨蛋！」阿乙怎辦？青筋暴現地反駁嗎：「你才蠢！你才考試永遠吃鴨蛋！」統統不是，只見阿乙不慌不忙地回應：「反彈！」好兩字一句的「反彈」，所謂「反彈」者即你說我「蠢」說我「考試永遠吃鴨蛋」，我全部「彈」回給你，你才是如此。輕輕一撥，千斤便撥去，而且成為公式的，你來吧，拳也好，腳也好，我甚麼也不怕，一加上「反彈」就百毒不侵，以其人之道還治其人之身。好傢伙，是誰的聰明？想出這樣子地用一招以拆無數招。

幹活的地方，同事嘛，法理上，大家全是澳洲人，但感情習慣裡，要是唐人的話，早上一碰面之際，都會說聲「早」或「早晨」，其他的，不用說，大多是「Morning」、「How are you」等等，回應呢，不外也是那幾句慣用語。要是熟稔的，知道能開得玩笑的，若跟我來個「How are you」，我往往就不按牌理出牌地說：「Under your control!」此語一出，我們都默然契然一笑。這是甚麼話？牛頭不對馬嘴，不是人間「循規蹈矩」的回答啊！唉，人間事，無傷大雅地玩它一玩，摒棄那些習以為常的來樂一樂，又有何不可？

在故土的彈丸之地棲身了四十多年，曾住在一棟「大廈」（其實有多「大」，心中有數好了），樓下有管理員。某回我們相遇，那天是「跑馬日」，見他正看著報上的「馬經版」，我問：「點呀（怎樣）？」他答：「贏哂（全部贏了）。」我驟然而起的「驚駭」仍未落，他卻施施然地補充：「贏哂，馬會贏哂（贏了，馬會全部贏了）。」好！老兄，天生的幽默，原來是好戲在後頭，管他是甚麼的環境，兵來將擋，水來土掩，在你看來，天下事不過如此這般罷了。不瞞他說，這方面，我是輸，輸了給他。

當時，轉出「大廈」是一家「士多」（小商店），老闆叫「余伯」，那天見我放學回來，笑說：「杜生，搵到啦（賺到了吧）？」我也笑而答之：「天俾面（上天給面子）！」隨口亦問：「今日生意如何？」他哈哈地說：「最緊要好玩（最重要的是能夠玩它一玩）！」大哥啊大哥，假如是考卷，你的答案，肯定是「離題」的不合格，不過，落到千萬丈的紅塵，大家「世說新語式」地一問一答，「玄妙」中有實在，「荒唐」中有笑淚，舒服、痛快，好、好、好，是可遇不可求的福至心靈。

有時候，對話要像詩，不全是實，要點虛，虛實相應，看看中國畫不就是這樣子嗎？那有把它填得滿滿的？留點白吧，智慧的白。

聽

據聞，住在北極的人說話時誰也聽不到誰，因為鋪天蓋地都是呼呼的風冷冷的雪，他們唯有把大家凝結成冰塊的聲音帶回家，然後，點一盆爐火，慢慢地烤了又烤，烤融冰雪，烤回彼此的話語。我孤陋寡聞，不知此傳聞是真還是假，就當作是真吧，這樣子的「聽」實在詩意得很，可以冷藏、可以攜帶、可以等待。用錄音機不也是一樣嗎？總嫌它是冷硬的東西，未若爐火暖暖的有情，古典之餘又令人一愕的「超現實主義」。

說到爐火的意象，想起唐人白居易的〈問劉十九〉，劉十九是白居易的朋友，名字真有意思。其詩如下：

「綠螘新醅酒，紅泥小火爐。晚來天欲雪，能飲一杯無？」

「綠螘」是酒名，在此指酒上的泡沫，「醅酒」是新釀好而未過濾的酒。旁邊是暖人的小紅爐，看來今晚又將落雪，劉老兄，可否過來飲一杯？大家聊聊，也大家聽聽，氣氛柔柔的，有甚麼話語，不用滔滔，煞風景了，讓我們像細水的輕流，讓說的聽的也融化在大靜裡！

身在北極的環境，真好，不管對方是喜是怒，讓風讓雪即時擋去，我超然於外，回去以火爐暖身後，才施施然冷靜地一聽，所謂「面紅耳赤」、「劍拔弩張」的場面就化在風雪裡。只是北極啊，對我來說，就像夢似的浮浮幻幻。

很多時候，別人輕輕的一言，淡淡一句地無心而出，出了之後，對他，全無牽掛，甚至早已記不得了，但霎時聽到的人卻「別有懷抱」，惹來或是百般的聯想，或是頓時而起的憶念。昔日的「餐館生涯」，某回，是晚飯的夜裡，一位食客跟眾多友人喧談笑說，乍然，她說：「你有沒有買『馬票』？」該是指「六合彩」吧，她是輕描淡寫的一問，獨是分量最重的「馬票」兩字經她一吐，不知別人「感動」沒有，我是驟然一「驚」，像是時光倒流了五、六十年，很久很久之前的歲月了，現在還用如此的說法嗎？聽口音，該是來自馬來西亞的華人，那邊，說起某些的名詞時，如今，仍是這樣子的古色古香？

或許，其他人一聽一笑後便付給了流水，我呢，卻帶點傻乎乎地記起小孩時的日子。那年代，香港有「馬票」的巨獎，一年四次，每張「兩個大洋」（兩塊錢），開獎日期越近，大家越緊張熱鬧，全城都磨拳擦掌。父親從來不賭，就是除了「馬票」，買一張以碰運氣，也是星斗小市民唯一的希望了。小學時，同校的某一同學忽然離校不讀，江湖的傳聞傳了又傳，說他父親中了「大馬票」，搬走了，在我們無邪的想像裡是他們「從此過著富裕快樂的生活！」一番往事，竟由這食客的一語而湧現，真的是「言者無心聽者有意」。「馬票」的「票」字，父親那一代把它讀成「標」，是他們讀錯？「門票」的「票」怎可能讀作「標」？忙裡偷閒，翻開有關粵語的詞典一看，不錯，原來，這字有兩個讀音，其中一個就是「標」（biu），幾十年來的疑問給我偶爾解了，但有甚麼用？此「音」能吃得飽？穿得暖？算了，算了，能夠有點餘力以自娛，當作是福氣好了。

又是有關「馬拉」的一些故事。那年，到馬來西亞一遊，風景的印象已隨時間而消逝，團友的容貌呢，剩下的也只是「日夕相對了一陣子的一群男女老幼」而已，倒是那本地的導遊我至今不忘。一上遊覽車，是滿口的「土音」，其實，誰人敢言沒有的呢？他自我介紹說：「我祖父那一代來自唐山。」「唐山」？不得了，不得了，這一詞在我驟然聽來，像是從歷史裡走來，好渺渺遠遠的歷史，滿載著海外華人多少的血淚辛酸。晚上回程，他講解怎樣用酒店的鑰匙：「插進門前的小箱子，如果是紅燈亮了，門是不會開的，如果是『青燈』的話……」「青燈」？老兄、老兄，不要嚇人，我想到的是「聊齋」，青燈夜雨，是故典裡的幽幽。胡扯閒談之際，他又說：「你們叫落雨，我們叫落水，你們叫落微雨，找們叫落水仔。」光是不同的用詞就令人樂此不疲，新鮮、有趣。

粵音如何地轉化？不同的地域有怎樣相異的讀法、用法？有心有力的話，未嘗不是一種可以寄託生命的學問。

夢

有誰不夢過？小孩的夢、少年的夢、青年的夢、壯年的夢、中年的夢、老年的夢，誇張一點說，真的，「人生如夢」啊。何謂「夢」？問我，只是很直覺的，感到夢像自然的風，要來就來，要去就去，誰也擋不住，誰也抓不緊，夢一終的剎那倒像無痕之後的水非水、月非月、花非花，或是欲究已無從的茫茫惘惘。至於，是否「日有所思，夜有所夢」，問回自己好了。

本身無是無非的夢落在有是有非的人間世又該如何解讀？

粵人罵人迷迷糊糊時往往說：「你發緊夢嗎（你正在做夢嗎）？」多負面的說話，夢，一定是貶義的字眼？如何分析正在做夢之際的精神狀態，留給專家給你滔滔的偉論，我看別人的夢，我讀別人的夢，看到讀到夢裡的大千世界。嬰孩會不會有夢？他們酣睡時忽爾淺淺一笑，甚麼的夢使他們滿心的喜悅？微微一顫，動人心弦，這樣的喜悅一圈一圈地盪漾出去，讓正看著的成年人暫且忘掉身旁的刀光血影，忘掉塵世的爾虞我詐，或者，此夢，此喜悅，是一則不立文字的「禪話」，是拈花的一笑，我們也該好好參悟吧。

聖人亦有夢，孔子說：「甚矣吾衰也！久矣吾不復夢見周公。」當然，孔子是人，不可能沒有夢，他做過甚麼的夢？史書難尋，但肯定的是他經常夢見周公，如今，他老了，很久很久再沒有這樣子的夢。以前，他為甚麼老是夢見周公？想聊聊天？一起吃喝玩樂？他夢見周公是因他仰慕周公，是思「獨善其身」

是想「兼善天下」的大道，此刻，他老了，依然是舉世濁濁，他有點慨嘆，然則，他悲觀無奈了？不，「朝聞道，夕死可矣」，坦闊的胸懷，小人才終日的長戚戚，為瑣碎事而整天地忙來忙去。

莊子，不夢周公，夢蝴蝶，〈齊物論〉：「昔者莊周夢為胡蝶，栩栩然胡蝶也，自喻適志與，不知周也。俄然覺，則蘧蘧然周也。不知周之夢為胡蝶與，胡蝶之夢為周與？」莊周？蝴蝶？蝴蝶？莊周？搞甚麼玄虛？裡面是怎樣的一番大智慧？二千多年後庸庸碌碌的一介凡夫的我，唯想到，莊周變蝴蝶，蝴蝶變莊周，幻化間，誰是幸？誰是不幸？莊周啊莊周，我愚昧無明，夜裡翻書而問。

年少時讀過〈楊修之死〉，香港中學課本的選文，選自《三國演義》。曹操怕人對己不利，常吩咐左右，說他會在夢中殺人，他睡著的話，切勿走近。某日，曹操晝寢帳中，被落於地，一近侍慌忙拿起替他覆上，曹操即躍起拔劍斬了近侍，事後，卻故作驚問，問誰殺了他的近侍。臨葬時，楊修在旁指而嘆說：「丞相非在夢中，君乃在夢中耳。」唉，楊修，誰在夢中，你是「解夢人」？夢，宜做不宜解，「難得糊塗」不是真正的糊塗。十六年前，初到墨爾本，時空交錯之間，湧來點點已去的前塵往事夾上不知未來的惘惘，好幾回，一覺而醒，茫茫然一摸自己，香港嗎？澳洲嗎？「夢裡不知身是客」，李後主這句是特為我剛來時的心境而說？這夢，究竟是屬於他還是我？還幸，時間有撫平的能力，日子既久，把「主」把「客」都撫成了圓滑。

論瀟灑豪氣，始終是喜歡小說裡的諸葛亮：「大夢誰先覺？平生我自知。」人生這一大夢，我知不知？不知，只盼大夢中偶爾可以醒一醒，可以睜著日地做人。

鞋

累了，八小時的工作回來，體力的工作，的確，應該好好休息一下。我說的，不是我自己，是腳所穿的一雙鞋，我們往往只感覺個人的疲累，好像從未想到承受我們身體重量的兩鞋。我穿的是所謂「steel toe」的那種，腳趾頭的頂處堅硬得很，有steel嘛，「非常時期」時可以保護腳趾，免受碰損壓傷。

一早起來，早點用過，它便被我綁上，不管願意或不願意，然後，跟我到幹活的地方。這裡，沒有冷氣，沒有暖氣，偶爾，我和人家說笑：「有冷氣，在冬天時候；有暖氣，在夏天時候。」算是自嘲自笑一下生活。腳上的鞋不怕嚴冬酷夏，更無怨言，默默地，我走，它走，我停，它停，比忠心的狗還忠心，而且，從不發脾氣，直至它的嘴巴張開，腳底受創，然後才鞠躬盡瘁。

只是，我們頭也不回，順手一丟，這就是它們的結局，很宿命的。誰會依依不捨？誰會替它開個追悼會？既是一雙鞋，即使出生時亮麗耀目，即使走遍大江南北，收場肯定是淒然黯然。

此刻，我面對電腦，兩鞋面對木訥無聲的車庫的牆壁，而後院蟲鳴亂噪，夜了，等明天一亮，它自會伴我踏踏於人間的塵土。

我的鞋是名牌的嗎？我並不清楚，前兩年，朋友遠道來訪，吃喝玩樂之餘陪他到城裡一逛，剛好遇上一家公司耶誕節及新年的大減價，他指著對我說：「這曾經是名牌。」我是一無所知，「名」？「不名」？不重要，大減價才是主因，所以就買了。

如今，清早湖畔的晨運、星期六星期天的「太極拳班」，我全倚仗它。一葉，可以知秋，一鞋，可以知時代的變遷。昔日，有得穿便算，便高興得很，每每農曆新年是第一次穿著，之後就用來上學，還能苛求嗎？眼前，又是甚麼氣墊，又是甚麼彈性，不過，真的，踩下去，很舒服，感覺不到腳板與地面像你死我活地硬碰硬。

我為甚麼不說時代的進步，卻言「變遷」？「進步」，大概，大家都著眼於物質、科技等等，誠然，這急奔的步履要攬也攬不住，瞬一轉，怎麼，新的產品已破殼而出，但精神呢？人與人之間的和諧呢？天清地靜呢？「進步」，應是全面性，單一地畸形發展不值得我們毫無保留的歌頌。

穿上舒服的跑鞋，迎風迎朝陽，墨爾本，天朗氣清，視野遼闊，格外怡人。

我也有一雙黑色的皮鞋，用來幹甚麼？唉，說來嚴肅，是「某些場合」，或者，「見人」時用的。不過，自己也反問，「某些場合」？生活清淡簡單，有何特別的場合？或者，哪些場合能超越「本來無一物」之上的？「見人」呢？「幹活鞋」、球鞋穿著時所見到的不是「人」嗎？紅塵世俗，每每，我們的思維，我們的觀念，一出生便丟在自我狹隘的泥沼裡而無法自拔。

總待一天，不用特別穿上「見人」的鞋，鞋就是鞋，甚麼人都可以見，何況，鞋的責任是走路，不是見你見他。還鞋的真貌，亦是還我的真貌。

那家肉店

那家肉店，在哪裡？在它該在的地方，太抽象了吧，具體一點呢，早上開車工作時就在我的左邊，車轉左，不消一兩分鐘便見到了。

管你甚麼神韻飄逸，甚麼超越淩空的「形而上」，也不能不顧衣食住行的「形而下」，衣食足始是一切的起點。身為一家之「煮」，跟蔬果肉店等等打打交道原是平常不過的事情，早上去，省事得很，若下班的話，一來時間趕不及，二來定要「U」型掉頭，路上千百輪胎滾滾的車輛不停咆哮，挺是危險麻煩的。

雞翼（雞翅膀）五公斤以下一塊半一公斤，老兄，你認為如何？如今，在物價不講交情、沒商沒量下即騰起飛漲的時候。本來，白紙黑字地寫上，八點才開門營業，八點？根本不可能，已應落在塵網中埋頭折腰。那天，如常的清早，不如常的心血來潮，七時多走過，跟自己說，去看看，能否給我意想不到的收穫。停車、下車、一看，活動門又開又合，因為有人進進出出，走上去看個明白，原來，員工已開始營業前的打點一切，問：「可以買點東西嗎？」回答是：「可以，可以。」亂碰亂撞地，冷硬的店規外與人方便，於我，是一番道謝。

好像是第三回，更稍微早了點，大概雞翼的來貨剛到，仍放在店外的車上，那女員工叫位男同事用手推車推進來，因為有客人要買。片刻，男員工推了進來，不言笑且蠻認真似地對著女的問：「他要多少？一百公斤？」好，面對這樣的「廢話」我向來不會落後於人，所以，根本無須經大腦，自然反射也煞有介事地衝口而出：「不，一千公斤。」語畢，大家都爆起笑聲。好，好，木然酷然的現實生活誰也改變不了，但不必老是輸得啞口無言，何不玩它一玩，既不傷己亦不害人，生活，你能奈我甚麼何？

仍有後頭的好戲。等包好，等付錢，另一男員工走過我身旁時笑說：「要不要喝點巴西咖啡？」巴西的咖啡有甚麼江湖地位？我不知，巴西嗎，我反問：「你喜不喜歡巴西足球？」話一出，好極了，好極了，彼此縱然站著，「波經」（球經）卻滔滔拍打我們唇間的兩岸，濤聲響亮，只是時間匆匆，唯有「拜」的一聲而別。

所謂「最適宜居住的城市」的考量就應包括可以這樣子的「大」話連篇，可以這樣子的無分階級、無分人種膚色、不期而遇而說得口沫飛濺。

巧遇

楔子

茫茫人海，你我擦臂而過，不知甚麼時候，一個十分熟悉，或者，只是認識而彼此從未好好談過的，隔了很久很久的歲月，忽然，某日，大家竟不期而遇，在天的一方海的一角，這是上天怎樣的安排？人與人之間一種怎樣的緣分？

之一

時間：幾年前。地點：墨爾本東南的某唐人餐館。

一早已預知了，今天星期日的「飲茶」一定很忙，因為學校假期到今日為止，不少人都會抱著如此的心理，對小孩說：「明天上學了，不想去別的地方，不如訂位『飲茶』吧。」所謂「人同此心」，「此心」與「此心」的相連之下，熱鬧情形就可想而知，我們唯有醒著目以待。

果然，滿堂像洶湧的波濤拍打，講話談笑，處處揚起，更有擁擠地站在入口的梯級等著的，人間何世，吃了才說，外面是陰是晴，管它！叫「waiter」也好，叫「侍應生」也好，叫其他的名堂也好，工作的要訣是「快、快、快」，收碗收筷收蒸籠、開茶添水拿東拿西等等，做久了往往是自然的反應，不用深思，不用熟慮。電影裡優美的環境，婉約清聲的小提琴，客人的淺談細說，這些、這些跟我們眼前的現實完全格格不入，何況，撫心自問，像我，中年之後始跑來濫竽充數，那令人神之往之的場面，若由我來應付客人，能勝任嗎？

我要「做」的其中一桌的食客走了，趕緊清理狼藉的桌面，換上新的桌布，擺上洗淨得亮滑光白的碗碟，不大留意他們是怎個樣貌的幾個新客人坐好後，我便問：「請問喝甚麼茶？」他，抬頭答我，當彼此互相一看的剎那都不禁衝口而出：「原來是你！」頓時，大家都笑起來。認識他？我不知道這算不算是「認識」？小時候，我住的那條村叫「水邊村」，村上有座山叫「粉絲山」（因山上有一家粉絲廠而得名），後來，山腳闢成徙置區，他便住在那裡，每日來回總從村裡走過，我們不時相遇，但從未打過招呼，只內心知道：「世上有這個人。」彷似隔了多少世紀，隔了多少如煙的往事，我們竟重遇，在陌生的地方，在最忙的一刻，若問，問甚麼？若說，從何說起？我們是鳥，人生的塵土裡，我們的爪印巧合地踏在同一的路向。

（後記：其後大家又碰過一兩回，聊了一些過往的人和物，更後來同屬於一個「太極學會」。）

之二

時間：二十多年前。地點：運動場。

那次，帶學生參加運動會，第二天的早上，我們一步一步地踏著石級，準備往看台坐好。仰頭看路，略向斜一瞥，啊，是他？幾十年沒有見過了，我立即就說：「何生。」他也即時回應：「杜國文。」很久很久沒有人這樣叫了，我小學時的名字。

他是我「小四」時的「班主任」，教英文、體育。往事可以渺渺，亦可以牢牢記住，直到今生今世。如煙如夢的那一回，他帶我們幾個同學參加「學童遊戲比賽」，像「頂豆袋」、「二人三足」之類的，一天就結束，然而，我們不用等一天，因為中午前全被淘汰。

午膳時，他帶我們到酒樓吃飯，還記得，那家是叫「龍鳳大酒樓」，平時來回，我都會走過它的門口。唉，無色無味淡淡白白的日子，上酒樓「飲茶」吃飯是何等高興何等罕有何等意想不到的事情！小孩容易滿足容易開開心心，跟老師一起吃飯，鄉村野孩的我們起初不免有點靦靦腆腆的拘謹，後來氣氛一鬆，大家樂得真有點手舞足蹈，剛才的輸贏已拋諸腦後。我們是讀「下午班」的，飯後，何老師說：「你們不用上課，可以回家了。」啊，陽光多燦爛的一天！

昔日，他帶隊，今朝，我帶隊，剛巧又在運動場上相逢，不是電影的情節，是實實在在的人間世，是鏗鏗鏘鏘的音節，大家相隔了的歲月，是人世多少的喜慶劫難，國際多少的風雲變幻，凡夫如我者只能無言地活著，無言地由小學、然後中學、然後……

（後記：後來約了何老師幾次茶聚，我卻始終沒有重提那頓「快快樂樂的午飯」，銘記於心比言之口更能動我的情懷。）

相遇

回家途中，開著車，我依然想著剛才的一幕，雖然是萍水相逢，大家匆匆而遇，但我內心仍送上誠摯的祝福。

這次他們十個人，剛好坐滿一張大桌子。男人、女士、他們的孩子，一家人經常在週末來餐館吃晚飯，久了，大家都打打招呼，聊聊天。他們很有禮貌，我從他們口中，知道他們來自印尼，我們說的都是英語。

今天晚上，有點不同，一大堆的，不是他們的親戚，就是朋友。看來今夜不會很忙，我就跟他們多聊幾句，聊著聊著，他妻子突然問我：

「你會說華語嗎？」

用的還是英語。

我點頭說可以。

她指指面對她而坐的男士，告訴我，是她的丈夫。

這約五十多歲的男人，我算是早已「認識」吧，他即時抬頭笑笑，我們就攀談起來，用熟悉的「家鄉話」。

原來，他是客家人，是在印尼的第三代華人，第一代的祖父自迢迢的「唐山」跑到印尼，然後，是他父親，然後，是他，他們一直都住在彼邦。

話也由此燃點起來。

「這陣子沒有排華的新聞了吧。」我問。

「唉，都是住得提心弔膽的。」他苦笑說。

當日，為甚麼會「排華」？海外中國人的故事又豈能一下子便說得完，他的傷痛，不知癒好了沒有，我又何必再追問，吃頓開開心心的飯，不是更好嗎？要談，談談他目前的情況。

「每年都來澳洲？」

「是啊，來看看兩個孩子，這次是大女兒的畢業典禮，逗留一星期左右就回去。」

「這是我兒子，今年大學二年級。」

他拍拍身旁一年輕人的肩膀。

「這是我妹妹，這是我妹夫。」

他指著他們說。

想不到，這經常來的「主角」，他與及他的妻子都是同文同種的中國人，都識講「華夏之語」，好一個「深藏不露」啊。

「孩子畢業後會回印尼嗎？」

他這樣答我：「他們都會申請入澳洲籍，找到事的話，留在這裡好了。」

歷史無情，一個錯誤的選擇後，它不會給你第二次的機會，至於是否「錯誤」，真考人的眼光！讓孩子生活在政治清明的地方，該是這經歷過種種憂患後的父親的結論，能否得償所願，希望在人間好了。

偶然的機會，我們碰上，暫且放下大家背後的故事，只因我們源自同一的文字，同一的語言，更沒有人世的利害相衝，因緣是今夜的「潔淨劑」，我們「乾乾淨淨」地訴說，也坦誠地帶點關懷。

最後，吃罷，他們要走了，我深深地與他一握手，並說：

「一切祝好。」

你我，縱然不認識

楔子

你我，縱然不認識，你不知我，我也不知你，濁濁塵世，忽爾，大家竟然遇上，或許，擦臂而過，容貌記不起，然而，當時的情景仍筆濃墨飽地寫在我回憶的賬簿裡。

就拾取兩事，一是香港的背景，一是澳洲的環境，事雖異，情卻同，都教人心裡喜悅。

之一

說來好幾十年前的事了，是上世紀日常生活中的一幕，像一篇淡淡的散文，沒有驚心動魄的情節，但行筆清暢，內容是踏踏實實的。

有一回，老朋友來訪，好吧，「不亦樂乎」啊，孔老夫子早就說過，沒有甚麼好招呼，不如到市場買些豬肚、鴨腎之類的，老朋友就是老朋友，有點理所當然地倚熟賣熟，他會知我諒我的，所以，親自上場弄些滷汁的烹調，雖無美酒，大家要求不高，想當然，「漁人式」、「樵夫式」地吃吃談談，說說笑笑的闊論古今，盡可以短暫間的得失兩忘。

那市場叫「大橋街市」，橋在哪裡？管它，反正，離家不遠，走路嗎？不方便，且要拿點不輕的東西，於是，騎腳踏車去，騎腳踏車回，把食物放在車後的小小座位，怕座位的夾子夾得不緊，再用繩子一綁，大概沒問題吧！踩啊踩，放假天，步伐不必匆匆，悠然自得。前面的交通燈轉紅，停下來，兩眼直視，等候再等候，「命運」都交給了這凝定似的片刻。這時，後面隱隱約約地傳來一個小孩的叫聲：「喂、喂、喂……」

甚麼事？燈轉綠，一切又回復動感了，正想用力猛踩腳踏板，乍然，一個短衣短褲的小男孩，急步地跑在我前面，且回過頭來，手指著說：「你……你……你……你的東西丟了。」說來氣仍喘喘著。

我側頭一瞄後座，果然，是繩子鬆了，停下來，看清楚，有一兩小袋掉在車後的不近處，看來，那小孩是追了我一段不短的路程。趕忙把腳踏車停好，跑去撿回，重新再繫好。匆忙間一抬頭，怎麼，不見那小孩，他走了，我無法向他說聲謝謝。

我們只是街頭碰上，是他未沾塵世利害關係的內心有所不忍嗎？不忍別人的大意且懵然不知，甚麼的力量驅遣他，驅他不為甚麼地由遠追近？只因一個「告訴」。香港社會，當然，亦如其他的，不可能完美，甚至是某些的殺氣騰騰，我們相逢的一刻，是殺氣騰騰以外的天地默然泰然，人間的一首美妙清音，一則值得我寫出來的故事。

之二

大概是一九九五年，剛來了澳洲一年左右，住在Essendon，有事到Moonee Ponds，想要按地址找一家公司，不熟悉的地方，找來找去都茫無頭緒，怎辦？剛好走到一間美容院之類的店鋪門口，算了，算了，唯有硬著頭皮地推門進去，問問人家好了。

門一推開，背後陽光照來的透射裡，只見位妝化得倩麗的小姐，正喁喁細語於電話，間爾幾聲輕笑，莫非正跟男朋友聊天？真不識時務的我唯有站在一旁，以免打擾。但她一瞥見我，即時放下手上的電話，笑問我的來意，一聽到我的口音，她臉容雖無改，心裡呢，我想，不免蹙縐起來，不過，依然耐心，然後用心向我說，路該怎樣走、在哪裡轉彎。

沒有方向感，附近道路不熟悉的我仍是摸不著頭腦，她一見及此，一話不說，走出門口，甚至，再拐過一點，不厭其煩向我清清楚楚地說個明白。

人海驟遇，無計酬勞的解人之急困，我唯有銘記於心以謝。

尾聲

人性縱有種種的不是，但始終有其光與靈的一面，因此，對於人，我們還是保有樂觀一面，當然，這不是叫人目空一切而不知反省。

萍水相逢

王勃，年紀輕輕的當日，他要到交趾省親，路過南昌，適逢其會地參加了當地閻都督在「滕王閣」擺的大盛宴。宴上，都督本想藉此以炫耀其婿的才學，事先早已備好一篇序文，待宴會時故意讓賓客來寫，想眾人在「識做」（懂得怎樣做）的謙讓之餘，就給女婿一揮而寫，寫罷後的滿堂喝采聲是在想像之中矣。

王勃偏偏不懂人情世故，當推讓而輪到他面前，他竟毫不客氣地提筆疾寫，寫下千古絕唱的〈滕王閣序〉，卻又看透世情，感懷滿腔地說：

「關山難越，誰悲失路之人？萍水相逢，盡是他鄉之客。」

老氣橫秋，算是年輕而少見的「超成熟」吧。

來澳洲快八年，相識的不可能全是會問「寒梅著花未」的老鄉，不少是初識的新知，他們來自不同的地域不同的方向。

餐館裡的R，他老家在黑龍江，想像裡是遙遙不可及的神神祕祕，我呢，長於比江南更南的小島，一南一北，地理上是如此的風馬牛不相及，但人之情呢，打開執著，何事不可談？每星期，大家都碰面一兩次，偶爾聊一聊也說說笑笑。那晚較清閒，就談得多一點，他像很多的中國人，有學歷，但找不到機會，只好在餐館幹活，我直問：「有後悔跑來嗎？」

「算了吧！為了孩子，這裡也不錯嘛。」他淡淡而言。

夠了，就是那份「淡淡」，是經歷多了久了以後的沉定，也是我們之交的寫實，我不欠他，他不欠我，沒有吹捧奉承，沒有故意遷就對方，「淡淡」也就是一份真情。活在同一時間同一空間，大家一起呼吸，一起存在，一起走自己的路，天大地大，足可以讓人來往自如。

每星期都要帶小孩去泳會學游泳，泳會租借了大學的泳池，很多時候，我都見到他，但大家一直沒有打招呼，直到上星期。每回，小孩練習時，我都到外面走走看看，也當作運動。大學，雖說是「社會的縮影」，但始終與外面的刀光血影有所距離，介乎現實及「幻想」之間，留大學一點「不食人間煙火」吧。大學校園滿眼景色，人在景色中，暫且忘掉世間的一些不快。

上星期，是墨爾本老脾氣的天色，時晴時雨，好好的，但忽爾，雨，要來就來，正走著的我，趕忙跑進不遠處的公共汽車亭，這亭，兩側與頭頂都是透明的厚硬塑膠，可以避一避。他也躲了進來，彼此先以眼色來個招呼，然後就開啟了話匣子。

原來，他來自越南，當年是漫天烽火遍地彈痕，一晃眼，二十多年的歲月，說得瀟灑，只化成跟前雨停後的遍地陽光。他說了昔日的艱難日子、南越的失陷、海上漂流的生死未卜。然後幸運地被澳洲收容、然後找到工作安定下來、然後兩個孩子爭爭氣氣考上好的大學讀不錯的科系，然後，唉，彷若大夢一場。

十數分鐘的聆聽，是別人的情節，別人的這一夢如錄影帶一般地「回帶」，也是他生命裡的幾番轉折啊。

雨下的時間不長，他說了兩處不同的地方，兩個不同的年代。我們是兩片浮萍，不期而遇，相逢在避雨的狹狹空間，他說說，適時停停，也聽聽我說的，也夾雜了大家的笑聲，但並不夾雜世間的利害是非。

他是「中南半島式」的粵音，我是「香港口味」的廣東話，管他五百年前是怎樣的源頭，管他後來是如何的變遷，此刻，我們遇上，得祖先的餘蔭，嘴裡同是滾滾滔滔的一大堆「南蠻之音」，打破了地域的界限，讓我們開懷暢說。相逢何必曾相識，相識就交給冥冥中的「緣」吧。

雨停了，我們匆匆而別，大家都說：「下次再聊！」。

王勃的「萍水相逢」，有點傷感的意味，我們的呢？人海裡的偶遇，卻是值得一番喜悅的事情。

卷九

文字，我的另一種存在

文字，是我的另一種存在。

甚麼叫「存在」？多哲學的問題，父母生我，哇哇墮地，有眼耳有口鼻，有手有腳，會吃會走會笑會哭，在這世上，我看見你，你看見我，你更可以觸摸到我，我活生生的，不是已「存在」了嗎？

有姓有名，讀過小學、中學，然後……多少同窗、多少朋友、初識的、深交的，他們都知道我的「真實性」，跟我聊過玩過，一起樂過憂過，在有喜有悲的紅塵裡，即使渺小，但誰能否定有一個「我」的我。

誰不要生活，誰不要吃喝睡覺，誰不要應付平日的大事或小事，誰不要乖乖地順從「時間」這傢伙的吆喝，誰不要……一句話，誰不要首先維持自己的生命。這些鐵一般的事實，這些不管智或愚都不能不面對的問題，統統地，我稱之為「消極的抵抗」。如此的叫法，可以不可以？

對了，一般而言，這就是生命。

但這就真的是「生命」？確確實實的「生命」了？醫生開出白紙黑字的證明外，大家日常熙熙攘攘地擁啊擠啊外，一個臭皮囊外，甚麼都沒有了？應該還有吧，應該還有我們見不著卻又是更重要的一面，比方，思維，譬如，精神。兩面加起來，始是完成一個人之所以為「人」的整體，這一面，我名之為「積極的追索」。

所以，「消極」要加上「積極」，始是一個真真正正的「圓」。

如此說來，我算是有點「貪心」嗎？

我「積極的追索」所交給的不是音樂上的音符，不是藝術上的色彩與線條，也不是別的，而是文字，當然，不是人家的二十六個字母，是我們自己的，可橫可直，是五千年歷史裡的一番源流，由甲骨而金文而小篆而隸書而楷書等等，直到如今，有音有形有義，比如，「奮」字，《說文》說：「奮，翬也。」就是大飛的意思，我們的先民，我們的古聖賢人看見鳥張毛振翼自田裡直上高飛，拍翅的一剎那，其力何其勇猛，其精神何其充沛飽滿。「奮」，是眼前的實景也是無限的想像無限的期待，「正能量」的期待。

對著這些動人的「符號」，我能無動於衷嗎？

文字，是莊嚴是神聖，尤其對一個民族來說，是開出文化文明的根基，是整個民族精神智慧的結晶，可以這樣子說，若要摧毀一個民族，就先毀滅其文字，也就等如淤塞了它的歷史源流。所以，倘說熱愛自己的民族，擁抱民族的文化與歷史，首先，是應以一番虔敬之心來面對自己的文字。

為甚麼？我不是以音符、以色彩、以線條，偏偏地，以文字來安身立命，有時候，我也不禁問自己，是因「家學淵源」？抱歉，沒有翻過族譜，是怎樣的機緣巧合下的「偶遇」？我亦不能清楚地說個前因後果，大概，是天意吧！

我手腕下的文字，可化為詩，也可化為散文，詩與散文不同，詩較含蓄較婉轉，往往，言有盡而意無窮，散文，容易一瀉就去，心中事便瀉出千里，不過，不要誤會，其高處不盡是「我手寫我口」就能交了差，文采總該要有，倘於適切處滲入點點「詩意」，讀來更見雋永。或者，可以這樣說，目前追求的，就是如此的大方向，散文的大方向。

我文字裡的訴說，有家國的情懷；有為中國文化的興衰而樂而憂，雖才與力都有所不逮，大前提的，是沒有違己；有個人平常的「小」喜「小」悲；有生活上的點滴，點點滴滴中是哲理的尋覓，是對「道」的體悟，是對「復歸於根」的沉思。

撥開雜務，抖走瑣事，尤其「耳順」已過，更該修其心養其性，能修多少能養多少，不拘。清早，天地未明，書齋靜讀，孤燈伴我，神清氣定，五內舒暢；夜裡，另一情調，書外，蟲聲噪於後院，牠們或獨的，或群的，何妨，都屬於自然之聲。

或早，或夜，我一人細看文字，寫寫文字，文字成為了我精神的寄居。

所以說，它是我的另一種存在。

我們的城

（零）

我們的城有很多很多的罪惡。
我們的城有很多很多的不公平。
我們的城也有很多很多的善良。
我們的城也有很多很多的正直。
我們的城有更多更多的既非罪惡也非不罪惡。
我們的城有更多更多的既非公平也非不公平。
總之，我們的城容納不同的面貌、不同的脾氣、不同的聲音、不同的步伐、不同的方向、不同的夢。

（一）

星期天，美麗的星期天，適宜逛街，適宜自我放逐。

安坐在電車上，緩緩地放鬆了自己，一週來的緊促，是時候了，步履儘量慢一點，像太極拳的「貓步」，是自內至外的均勻有度。電車，古老的一種公共交通工具，仍悠悠地行走於八十年代的節奏裡，我們不是閒來還會聽聽古箏嗎？猶不失其高山流水，日子是可以挺清幽的。坐在樓上，從高俯望，萬物是可以靜靜而觀，所以，我一心意滿地看疏疏又密密的人群，電車停了又開，開了又停，袖手細看，一切繁囂只成窗框裡的過眼雲煙，回頭時，已後退而消逝了。

不用追趕「時間」的時候，這傢伙，就跟我們開開玩笑，故意走得慢吞吞，走了一大段路，才耗去三十多分鐘而已，但我們的城，我知道，它不會緩下來，尤其那脈搏，那根經濟大脈搏，很多人賴以擁抱財富的脈搏，股市急遽地或升或降，眨眼間，烽煙四起，驚魂不定，有人悲有人喜，現代的生活，現代人的遊戲。

（二）

下了車，沒有明確的目的地，放假天，不應被某些目的所囿限。

百貨公司門前有很多人。

有人等爸爸、有人等媽媽、有人等男朋友、有人等女朋友，有人卻等待「等待」。

這是我們多樣貌的城的必然再必然。

一如，有人喜玩結他、有人喜彈琵琶、有人愛穿洋裝、有人愛著馬褂、有人吃素、有人吃葷、有人溫柔、有人粗暴，大家走在等距的平行線，永不衝突。有人因等不到女朋友而焦急卻又不敢生氣，有人因等不到「等待」而無奈但又不放棄。你愛耶穌，我愛釋迦，你欣賞李白杜甫曹雪芹，我只購買街頭一塊幾錢的「言情小說」，你談杜魯福（Truffaut）、費里尼（Fellini），我只看今夜電視的嘻嘻哈哈。

我們的城容許不同的對立。

陽光無力地慵懶於熱鬧的大道，舐得人痕痕癢癢裡的一點舒舒服服。我也站在百貨公司門前，不是等人又不是等「等待」，只不過趁趁人潮，想擠一點「城」的味道來。少男少女往往來來，為這城注下了不少的活力，有些穿得標奇立異，不少旁人就批評說這是「叛逆無道」，臉容告訴我們，他們對此甚至是嗤之以鼻。如果，我們看開一點，我們想開一點，這是任何社會任何年代皆免不了的副產品，好好度過了「青澀時期」與「尷尬歲月」，若是龍終會上天，凡有翼必定高飛。

走了進去，裡面溫醇的燈火迎我，眼所見是堆疊得整齊的牛仔褲，牛仔褲不是這麼單調的，款式林林總總，套用廣告的話語，真的是：「任君選擇，包君滿意。」也想到「牛仔」，現代的他們不再騎馬穿插於山山樹樹，改為騎時髦呼嘯的機車，馳騁於平滑的柏油大道。

上了二樓、三樓，還是人啊人，還是擺放著流行的物品，時髦的東西始終是生活的主題。

（三）

離開百貨公司，無處可逃，好吧，可以躲進戲院。

戲院裡面的空間還是盛載著語聲笑聲座椅的起落聲，在這裡，可以「避世」嗎？驟然，燈火一滅，所有聲音立即被扭低了音量，最後，靜寂了。眼前映耀的是斑斕的色彩，是美男美女的愛情故事，真的是人世的寫實？有點雲裡雲外，像霧像花，算了吧，兩個鐘頭左右的自我關閉，還苛求甚麼？等陣子，「出關」後便要再面對冷冷硬硬的現實。

記得以前，笑片背後有新馬仔有鄧寄塵，新馬仔鄧寄塵背後有淳厚的人情，刀劍片背後有曹達華有于素秋，曹達華于素秋背後有個武功蓋世的老師父，老師父是仁慈的長者，非不得已時致命的招數是不會貿然打出。這些，這些的內容，不知合不合今天的口味？

終於，「劇終」了。

燈火再亮，門開，眩眼的陽光從外面乍然射來，一明一暗，搖搖晃晃的夢，又走回正鼎沸騰騰的這座城。「武學聖地」不再，「愛情聖地」難尋，不如找回那家常去的雲吞麵店。

（四）

「老闆，一碗雲吞麵。」

肥肥胖胖的老闆，一件米啡色的羊毛線內衣，黑長西褲，一雙薄薄的平底鞋，肩上搭了條長長的白毛巾，說是「白」，是純然的白嗎？世上難有「純正」的東西啊。

熟練的動作。先把麵丟在滾水裡，用長得在家裡絕不合用的筷子撥弄幾下，然後拖過冷水、撈起、盛湯，剛好一碗，火候恰到好處，麵就爽而可口。無懼客人的擁擠，都是從容應付，沙場老將，甚麼場面沒見過？

有一次，客人不多，空閒一點，跟他聊聊，他說了一大堆。

「在香港，只有我自己一個人。」

「生意還可以，都是大家給面子，混口飯吃吃罷了。」

「是的，沒辦法，都按時寄點回去。」

「當初是苦了點，不過那時年輕，如果是現在，不行了，沒有那種膽量。」

「沒有甚麼娛樂了，收工後飲兩杯。醫生叫我不要飲得太多。」

「是，『土砲』而已，『拔蘭地』嫌它不夠味道。」

我們的城，像歷史上許許多多的城，本身就是一頁頁的史篇，我們都正在編寫著，以我們的生活，當然，活在廬山的當下，難以清楚地回看自己。或南遷，或北徙，我們不知覺地經日子的刷洗，輾轉落地而生了根。

根，植於人間，也植於陰間。

每年，和合石都是長長的人龍，長長的一串孝思。長長的人龍裡有為人兒女的有為人子孫的，長河不息，也稱之為「源遠流長」。

仍有人在家裡的適當處貼著一張奪目的紅紙，紙上正中處以毛筆寫著：「×門堂上歷代祖先神位」，而兩旁是：「金枝初發葉」、「銀樹正開花」，或其他的等等，眾人鞠躬而拜，上達於蒼天，下通於人間，天人合一，好一個圓融的境界，有「實」有「虛」的民族。

(五)

夜已深。

我們的城更發出迷人的魅力，燈火燦燦，歡樂還上演，而且是高潮。

一座不夜的城。有紳士淑女的笑臉，有路旁烈火熊熊的「大排檔」，有狂醉的，有清醒的，有得意的英雄，有落難的失意客。所有的生命都在蠕動，所有的思潮都在暗湧。

我們的城啊，地是一蕞爾，歷史的重擔卻可以千萬斤，要放就放下來吧！

我們的城，最後還是累了，睡了。

家家戶戶的鼾聲一起一伏，匯成沉寂，黎明前的靜靜然。

春節，我們的大融合

平時算是深居簡出，但兔年前夕著意地到史賓威趁趁熱鬧，看看慶祝春節的盛況。兔年後第一個星期天，又是唐人街、雅拉河畔的賀歲活動，同樣地，我不甘後人，擠進在擁擁簇簇的人群，舞獅來了，舞龍來了，即時間，似乎，五千年悠悠遠遠的文化舞動起來。即使舞獅舞龍的年輕唐人不會寫點、撇，捺的方塊字，不會說四聲或九音的漢家之語，但依然是很很中國的，在中國人一年中最大的節日裡，在不是黃河長江的環境裡，長長的三串鞭炮適時燃點，一陣陣既陌生又熟悉的硫磺味，劈劈拍拍的聲響一停，贏來四面的掌聲。節令的時序傳遞，日子一到，故土的大地外，今日，有中國人處就有春節的慶祝，或顯的，或隱的。

不管東南西北、不管兩岸三地、不管怎樣的政治取向、不管天涯海角都從四方八面攏過來，是誰的號召力？甚至，是誰的命令？沒有，春節，我們感情上的大融合，文化上的大認同，我們自自然然地走在一起。

舞獅的背後，舞龍的背後，鞭炮的背後不會空然無物，應有一番「生命的精神」，用以頂著天立著地，用以奔走於四方，那是我們同一的源頭。一回頭，幾十年來的歲月，曾經，它被嘲笑被扭曲被戕害，歷史的證明，若是真真正正的根，縱然受損，它仍然會癒合日更堅實有力。

六十年來，海的這邊廂，海的那邊廂的紛紛爭爭，終究如何結局？最理想，文化吧，像我們對春節的融合與認同，唯有「文」始可以「化」，始可以相互薰陶，始能走一條可行的大道。中國人應講中國人的文化，中國人應講自己的文化精神，講「仁」，講「恕」，從生命的深處流出，並不是政治需要時才喧喧鬧鬧一下。

春節，如一道滔滔不絕的長河，也是文化的象徵，流自昨日，來到今日，必然走向未來。大家同樣地回歸於民族文化的深根，就算千彎百折，最後，仍會匯成壯闊的景色。

春聯

據說，春聯濫觴於後蜀君主孟昶，他曾用紙題句以代替桃符板，而春聯的發展呢又該有怎樣的歷史淵源？到底何時才有真正的春聯？有這樣的記載：「春聯之設，自明太祖始，帝都金陵，除夕前忽傳旨，公卿士庶家門口須加春聯一副。」明太祖有賜陶安的門聯：「國朝謀略無雙士，翰苑文章第一家」，大概，春聯起自明太祖之說是該能夠令人接受吧。

小時候，寄居在新界的鄉間，秋收冬藏的農業社會，冬藏之後快過年了，家家戶戶忙於準備，忙於除舊迎新，寫春聯便是其中之一。不少人把「揮春紙」（廣東人叫春聯做「揮春」）拿到熱鬧得團團轉的祠堂，村中一位善於書法的叔父輩主持大局，他從早到晚免費為各父老兄弟叔伯子姪服務，我們這些乳臭未乾的黃毛小子也偶爾跑去看看。看到了，這頗有江湖地位的大人手執大筆、身體端立、兩眼凝視、蘸墨、下筆、直揮，然後，換來旁觀者一臉的艷羨與當事人的道謝。春聯的內容如何？滾滾的塵世，免不了是錢財富貴，譬如說，「生意興隆通四海、財源廣進達三江」。

除了這些外就一無所有了？錯，榮華利祿的期待之餘，我們仍可看到別的一面，中國文化精神不期然流露的一面，像「三陽啟泰、萬象更新」（令人想到群經之首，遠古的《易經》），像「萬物靜觀皆自得、四時佳興與人同」（令人想到「物我合一」，「民胞物與」），像「物華天寶、人傑地靈」（令人想到古典文學的優美）。上下兩聯，一般而言，或共八字，或共十四字，雖不多的字數卻蘊含著中國人的宇宙觀，中國人「心性之學」的安身立命。當然，那時，鄉野頑童的我是懵懵不明。

如今，春聯可以不要？「精神生命」可以不要？那又憑甚麼來承先啟後？來返本開新復興民族的文化？徒靠「百姓日用而不知」嗎？財大氣粗可以揚於今日，也可以一下子毀於他朝，唯秉持文化的正道始能掌舵而航，即使是在橫風大雨裡。

恭喜發財

二月三日，兔年的大年初　，雖然，並非在自己的故土，相比之下，情況與氣氛，不用說，失色得多，但我們仍然不忘，不忘新春佳節，不忘在佳節裡來上一句：「恭喜發財」。所以，早上一見面大家都恭賀一番，公司裡的中國人約十五、六個，有來自兩岸三地，有來自越南，有來自馬來西亞，有來自大洋洲的小國等等，果真是五湖四海，中國人的故事既深又長，像湖像海，說也說不完，「自己人的事情」當然屬於自己人而已，我們說著笑著亦順便胡扯一番，「外人」呢？縱然，中國人的春節已漸為他們所認識，但到底文化背景有別，怎可能期待可以與你眉飛色舞地談「利是」（紅包），可以跟你口沫橫飛地說唐人餐館的「新年套餐」。

別人的新年，碰面之際大家很習慣地說：「Happy new year」，光是「快樂」而已，我們呢，何以如此的「市儈」？老是講錢講財，莫非，窮過了？一提到窮，怕怕，大家無不敬而遠之，於是，「心理反射」之下就愛「財神」就期待「金錢滿屋」。真的是這樣子嗎？

在我看來，「發財」本身是中性的東西，無好無壞，無善無惡，若言好壞善惡，得要看「發」是來自正當途徑抑或不擇手段，前者，譬如說，白手興家，克勤克儉，有何不可？有甚麼值得嘲笑非議的地方？後者，必然的，為世人所唾罵，我們有這樣的四個字：「不義之財」，內裡的深意，凡識字的中國人都不會不了解。

好，財「發」了，該怎樣用？卻成了很大的學問很大的考驗，用來花天酒地？用來一擲千金？如果，人家問：「假如有一千萬，你會……」我想，大多的答案大多是著眼於如何吃喝玩樂，難道，這是唯一的路向？

「道」，無所不在，可以高，可以低，可以清，可以濁，「發財」之後亦應作如是觀，用得有沒有意義，全看你對「意義」所下的定義，而背後則是人生觀、價值觀、遠因、近因等等的總和，老實說，這些這些，我們已不是小孩了，幾十年人生江湖上的闖完又闖，每人皆有其主觀的看法，別人在旁指指點點嗎？不一定有用，東施效顰嗎？何必，最後，就要問回自己深藏隱隱的那顆心吧！

塵世事，大家同呼同吸，因此，我是高高興興地與親朋戚友說：「恭喜發財」，在我們來處是春回人間，佳節再臨的時刻。

福到人間

農曆壬辰的龍年伊始，恭喜恭喜，雖然，我們身在「胡」，心，還是在「漢」，多多少少會沾點中國人傳統過年的氣氛。十八年前，第一次在「番邦」過年，仍記得，那天是陽曆的一月十日，初到「貴境」不久，坐在「英語班」的教室，默默地眼望四周，耳聽八方，放假沒有，紅包沒有，「恭喜發財」之聲沒有，年糕油角煎堆沒有，大人小孩的新衣新褲沒有，高高興興的拜年沒有，電視台男藝員的長袍長圍巾女藝員色彩得很的「農曆新年裝」更沒有，怎麼，這叫春節嗎？

如今呢？先看看墨爾本各處慶祝「唐人年」的活動：Box Hill（一月二十一日），Springvale（一月二十二日），Footscray（一月二十八日），唐人街（一月二十九日），Glen Waverley（二月五日），不管是「過去式」的，或是「未來式」的，總是擁擁擠擠的熱鬧喧騰，像上星期日的「史賓威迎春節遊藝大會」，各路英雄英雌滙集，慶祝會場內內外外湧動的人群，馬路兩旁櫛比鱗次且忙忙碌碌的攤位，笑語溢瀉的大小遊人，可以這樣說，地上的熱情與天上的熱力相互輝映。節目儀式開始，一聲鼓起，醒獅齊賀歲，三串長長的鞭炮燃點後燒響人間，然後是四處的掌聲，然後落下滿地紅紅的喜意，陣陣熟悉又陌生的「過年味」，那不就是昔日鄉間裡孩童的美夢？早已失落了，卻想不到人老之際，在「外地」頓然間被召了回來。我們，來自各方，來自每人相異的天之涯海之角，說的或是別人聽不懂的方言土語，經歷你我不同的歷史變幻，或許，更曾經高喊「破舊」，否定祖先的一切，可是，蠻幹，或許能激來當時不少的吶喊與附和，但不一定能經得起歷史巨浪的淘洗。

打開唐人的報章雜誌，滿版都色彩艷麗，「年初一、年初二，有醒獅助慶」成了「招牌飯」，「風生水起」、「橫財就手」、「發財好市」、「年年有餘」、「笑口常開」等等的「套餐」奪走了我們的視線，對，「年」嘛，「年關」嘛，始終是最大的節日，要努力去闖。當然，有人認為，跟兩岸三地，跟中國人的地方相比，差得遠了。這樣吧，空間有別，我們可以把它稱之為「有海外特色的中國年」。

時移世易，昔日，只限於自己人的歡歡樂樂，今日，美國、英國、法國、加拿大、巴西、日本等等的元首政要都紛紛以唐裝以賀詞以中文向華人拜年，我們的高興，甚至某種的「驕傲感」很自然地自內心湧現，這亦是人之常情。但我們抱的不該是財大氣粗、趾高氣揚的心態，不要忘記，泱泱大國、天人合一、以德服人、平正謙和是我們民族的原有精神，發之光大，才可以不偏不倚地屹立於宇宙。

眼前的澳洲是酷酷的炎夏，我們的來處是冬去春來，是一元復始，萬象更新，感覺上有點「怪怪」的？不要緊，炎夏和初春還不是這大地球的一體兩面而已，一如有白天有黑夜、有陰有陽罷了，我們仍是本著一番喜迎新春的心情，春到人間，也福到人間。甚麼叫「福」？光是錢財物慾的堆砌？《禮記．祭統》：「福者，備也。備者，百順之名也。無所不順者之謂備。」這裡，並沒有強調「金銀滿屋」、「珠光寶氣」，只講「順」。

二零一二年來臨，大家的心裡真的是「有數」，重的，有人言之鑿鑿說會是「世界末日」，即使不如此，輕的，大家也擔心今年天災橫行肆虐的增多，總之，是揮之不去的陰影，怎辦？惶惶不可終日？坐著等拯救？有甚麼的錦囊妙計？找到了，一個「順」字，何謂「順」？《釋名》說：「順者，循也，循其理也。」怎樣子的「理」？大理與及天道涵育下的「人道」，不偏不倚，敬天愛地，我們該做的本分盡力而為，無怨無悔，其他身外的事情又何必擾擾攘攘？福，不會白來的，要自求，一顆泰然、至正之心以求。

「上岸」了？

朋友相聚，不免高談闊論，不免豪情加笑語，無拘無束的亂扯裡A君跟B君說：「你就好啦，可以上岸了！」B君帶點「老懷歡慰」似地回應：「都是這樣子啦，都是這樣子啦。」然後，話題一轉，氣氛就往別處熱烈。

大家一樣的，一把年紀了，不會不明白「上岸」兩字的「深意」，大概說撐了大半輩子，子女成長，如今可以輕輕鬆鬆地生活。若以「岸」作比喻，「上岸」以前是在海裡浮浮沉沉，那「海」是「深海」、「苦海」，能脫離「深海」、「苦海」，誰不高興？有時候，與朋友大吹牛皮之際，往往，我喜歡大放「不及義」的「言」：「要『上岸』嗎？隨時都可以，不一定要等人生黃昏的時候，不是有一句叫『回頭是岸』嗎？回頭吧，只要回頭就能『上岸』。」大家都是你說時我聽聽，我說時你聽聽，嘻嘻樂樂之後，讓時間一到，讓清風一吹，各人歸家，各人演自己的戲，各人唱自己的歌。至於我說的是否胡言亂語，即使我自己亦不清不楚。

如果，真的，是上了「岸」，我所以強調「如果」強調「真」，因為心裡能夠實實在在放得下，逍逍遙遙地一覽四處的可有幾人？好，算了，「岸」給你踏上，但那是怎樣的一片「岸」？再深一層地追問，更是關鍵要點的所在，到底你想要在「岸」裡頭尋覓怎樣的景色？「忽逢桃花林，夾岸數百步，中無雜樹，芳草鮮美，落英繽紛……」這是陶淵明的「桃花源」，你的「岸」呢？是豔麗的晚霞滿天？可曾讀出一些特別的字句來？

其實，「岸」的上與不上，凌空俯瞰，並非硬要一刀切下的截然兩分，上，有其樂趣，不上，難道原來腳踏處沒有半點值得欣賞的地方？一句老話：「隨遇而安」，能這樣，連「岸」也可以沒有，而依然感受到一份適時的閒心與喜悅。

汽車維修記

以自己的性格，若不是移民，大概不會學車、買車，如今呢，大有硬著頭皮的味道，因為，移民之前，聽到朋友的「警告」：

「不會英語，等於啞，不會開車，等於跛。」

又「啞」又「跛」，想來確是驚心，前者，可以花點時間，好好用功，後者呢，是「殺到面前」的問題，總不能走幾十公里路去買菜，或者上學，又或者其他甚麼的。澳洲，不是香港這般的地小人稠，沒有車，有車不會開，就算退了休也不方便。於是乎，中年之後才不得不提起精神，學著很多年輕人夢寐以求，心目中刺激豪爽的一事，那就是學車、考車牌。

終於，駕駛執照拿了，車有了。車一如人，會生病的，要去檢查身體的，所以，我們這裡有所謂的「servicing」。某次回港，坐友人的汽車，途中，我問：「你的車會定時去維修嗎？」他笑答：「沒有甚麼定時不定時，總之，壞了就拿去修理。」不知這是他個人的作風，還是「香港人」都普遍如此？霎時，涼風自窗外襲來又從另一面窗吹掉，也把我們的笑聲一起吹走。算了吧，身在墨爾本，一來，屬於「入鄉隨俗」，二來，「預防勝於治療」，人情與物理，豈有不同？

所跑的公里數差不多了，打電話預約，約好的那天就驅車前往，說來，這是第三家了，第一家因後來的搬遷而沒有再去，第二家呢，初時不錯，一兩年後，感到不大對勁，甚麼的不對勁？「感覺」這回事總難拿出實物給別人看，很主觀的，覺得好就好，不好就把它拉倒，這是第三家，朋友介紹，今天是彼此首次的「交鋒」。

地點嗎？不近，但說遠又不算遠，不過有點鄉下的味道。我一踏進大門，老闆的兩隻小狗即時以吠聲迎我，我一看，雖是有點「迷迷你你」的，守土有責之忠心卻絕不輸於別的「巨」狗，直至看到我沒有惡意，沒有不軌企圖後，又改以善意的尾巴輕搖，老闆即時笑起來，並撫掃幾下以作獎勵。

工作開始了，他做他的，我看我的，外面沒有購物中心，光是路與樹，還是坐下來吧。一般具規模的汽車公司，常附設修理部門，客人嘛，只可於辦公室等候，想「謀殺」點時間嗎？看看所提供的報章雜誌、喝喝免費的咖啡或其他的飲品等等，車呢，一交了，便暫時「親情」斷絕，大概這就是「現代化企業」的性格，管理上的鐵面無私。相對來說，那些較小型的，像這家，仍是「古風」一點，你可以一邊看，一邊跟他們聊聊天，當然，人情世故，你要機靈一點，不可妨礙他們的工作。

坐了不久，來了個中年婦人，兩小狗未見動靜，還是伏在地上，且有點無聊似的。原來，她是老闆的妻子，是位老師，剛好下課，出來幫忙一下，也打發點時間。略打個招呼後大家便聊起來，暢暢而談，不似初相識，大城市裡的所謂「人情薄似紙」，並不見於大家的笑談裡。

車要留下來換零件，小公司不一定馬上有所需的配件，要等人家送來，或自己去取。我說，改天來拿車，但怎樣回家？老闆立即叫他二十多歲的年輕伙計，放下手上的工作，五分鐘後，我已身在這年輕人的車裡，唉，年紀老了，匆忙間遺留了點東西，帶著歉意地跟他說，他沒有不惱，反而笑答，不要緊。一個拐彎，我們又回程了。

老實說，他們的功夫如何，造詣怎樣？我不十分了解，但忙裡仍隱隱見到一種悠悠然的味道，我們都曾經擁有過，現在，很多人都已失掉了。

卷十

又是「世界盃」的時候

不錯，又是「世界盃」的時候，一只圓球竟然可以成為不少人生活裡的一種盼望、一份樂趣、一些牽掛，其間夾雜了緊張、焦慮、興奮、惋惜，諸如此類的，到底是甚麼原因，何以能這樣的投入與瘋狂？這一切一切，不要小覷，若是引經據典，從歷史說起，由文化背景道來，旁及人類的心理，時代的演變等等，洋洋灑灑，滔滔而談，不難一揮就寫成一篇殿堂式的學術論文。

令人矚目的「奧運會」不過是兩星期多，從六月十一日揭幕到七月十二日決賽的「世界盃」卻足足一個月，這樣的一比，那該叫「矚目中的矚目」呢？或是「矚目的平方」？站在球迷而言，當然，樂得很，最起碼的，平淡的起居飲食驟然有了色彩，三十天的熱熱鬧鬧，頓使日子充實起來。好了，球迷的你，請問喜歡「獨看」、「獨樂」？還是「眾看」、「眾樂」？如果，一定要「眾」才樂的話，不少賽事是此地凌晨的四點，既要工作，更且是天寒地凍的此時此刻，恐怕不容易呼朋喚友。在我看來，「眾樂」是氣氛熾烈的打成一片，「獨樂」是經得寂寞的寧靜享受，兩者皆可，始深得看球賽的真髓，一如人生，倘是能有震撼能有寂靜，就可以無憾矣。

人老了，總能或多或少地站在別人的立場來想想，不是球迷，甚至討厭足球的，怎辦？像香港，地方這麼小，不用說，這個月是鋪天蓋地的報導，加上做生意的推波助瀾，一打開，電視台的「足球啊足球」聲從對面從隔壁從四處陣陣傳來，真的，漫天風雨，何處逃避？相比之下，澳洲的情況好得多，「理性」得多，除了SBS的直播及其他電視台「體育新聞」的報導外，依然是「清者自清，濁者自濁」，何況，退一步的，不少空闊的天地，知名或不知名的景點可等你驚艷等你馳騁。

熱熱狂狂的球迷呢，還是「世界盃」後才撩回紅塵吧。

「世界盃」中細膩的一頁

「世界盃」八強角逐的第一仗，主辦國德國對南美勁旅阿根廷，凌晨的寒冷寂靜中一人獨看，既別有味道也悅然自足。

球賽不算很精彩，但緊張的氣氛一浪接一浪，一比一之後是加時的三十分鐘，雙方仍無增添紀錄，唯有以最殘忍的「十二碼」球來一決勝負。大家的命運全懸於此了，誰能以泰然且真正的平常心來面對？尤其德國球員，江東父老面前，更是有形無形的壓力當頭重重壓下。

所有的焦點全聚於主踢的，與及把關的守門員身上。

彼此磨刀霍霍，焦慮地靜候之餘，兩隊球員都相互鼓勵一番。德國「門神」是效力阿仙奴的Lehmann，如今，他身負大任，以前的正選是Kahn，還記得嗎？四年前的「世界盃」，他是隊長，也是後防最後一關的大將，今日，歲月不饒他，英雄總會有遲暮的一天，他只居後備，江湖的傳聞，為了首席之爭，兩人間免不了惹來些閒言閒語，但眼前的「大是大非」之下，國家榮辱的關鍵之際，鏡頭所見，Kahn蹲在Lehmann身旁細細而說。

說些甚麼？

想當然的，如果譯為我們的「家鄉話」，大概是：「不用緊張，盡力而為。」或其他打氣的說話，然後，兩人雙掌緊緊相握，讓多少是真是假的流言頓時流走，默然的祝福盡在不言中。Kahn平日看來拘謹而不大言笑，但這一刻卻「溫柔」無限似的，大家不存雜質的情感即時相互傾瀉，是四周喧叫狂喊裡的一泓靜止。

「世界盃」令人著迷處，不只限於球來球往，或精彩的入球，更有的是球場上一花一絮的真情。如果，幾十場比賽是一本大書，那麼，此細膩動人的一頁，甚至幾行，容易一掀就過，我們一定要用心翻閱。

最後，Lehmann連救兩球，德國球迷開心不已，準決賽會遇義大利，誰可打進決賽？誰能準確告訴我們？

令人喜悅的一幕

令人喜悅的一幕，是哪一幕？沒頭沒尾的。

暫且打住，先說點題外話。

有時候，我也不禁一問自己，一把年紀了，對於球類運動的喜愛程度，依然的，足球是排第一位，何以如此的「情有獨鍾」？老實說，要我說得一清二楚嗎？不容易，概括而言，或許，是小時候的影響吧。

幾十年前的那時候，「香港人」熱衷的運動就是足球，甚麼「南巴大戰」（「南華」對「巴士」），轟動得很，而且，不要忘記，當時，香港的足球水平，在亞洲是甚具「江湖地位」。我，一個元朗鄉村的小孩，哪有如此的「大志」，會「出城」到「政府大球場」蹭蹭熱鬧，退而求其次，便跑去「大陂頭球場」，離家不遠，走路就可以。是沙地球場，踢的是「七人賽」，鄰近於一家小學，還記得，要走過一道小橋，每次，球賽結束，回家了，密密麻麻湧湧動動的球迷同擠在那小橋，橋下有湍湍的流水，真擔心，給人家一逼的話，後果，可想而知了。

爭奪的是「夏令盃」，我們正放暑假，中午走過，一看，有工作人員滾劃球場的白線、掛上球門網，好了，無色無彩，更沒有娛樂的日子有了著落，在今日的下午。或許，這忘不掉的情景是埋下我對足球熱愛的種子。

閒話至此，說回我的「令人喜悅的一幕」吧。

我是談球賽，談「紅軍」、「藍軍」的「王者之爭」。那麼，是說，西班牙隊長卡西利亞斯再次舉起「德勞內盃」時的那一剎那嗎？別急，讓我細細道來。

「歐洲盃」的決賽，義大利力撼西班牙，清早四時多，一宿無話的一覺醒來，這方面，不得不有點「自豪」，一如「世界盃」，不用甚麼的鬧鐘，要起來就起來，毫不考慮的。今年的冬天跟往年相比似乎格外冰冷，天寒地凍裡宇宙的大輪迴默默無聲，四周寂寂，開了電視，把聲量調低，彩色屏幕在眼前閃閃映映，我一人凝神獨看，享受、享受，甚麼「偉大的事情」也放下，紅塵裡的得得失失，是是非非，統統地，擺在一旁。

我是捧西班牙的，難道有親戚朋友在西班牙？沒有，純是「中性」的「為足球而足球」，極品的東西，有誰不喜歡？無阻的默契，美妙的短傳，或前或後，或左或右，或回傳或「撞牆式」，悅目的足球，不只是運動，也是藝術，藝術啊，任何事都可以提昇的，提昇到一種「境界」，以前，好像只是屬於巴西的「專利」，如今，「鬥牛勇士」是有過之而無不及。上半場兩記漂亮準繩的傳送，隊友又適時的把握機會，一頂一射，二比零領先，下半場再添兩球，義大利輸得折服。

比賽結束，這邊廂，眾球員默默不語，那邊廂，一番的笑逐顏開。不管如何，上台領獎了，義大利球員先上，領取的是亞軍獎，西班牙球員則排好站在兩旁向他們鼓掌致意，而義大利球員也紛紛還禮。

我說的「喜悅」，就是這一幕了。冠軍獎盃，只有一座，兩雄相遇，必會分勝負，殘忍的現實，球場上爭個你死我活，各為其主，或許，即使面對父親，做兒子的也「忠孝不能兩全」。但哨子一吹，烽火一停，若是武林的真正高手可以即時忘記得失，還天地一個清靜，還內心一種泰然，大家握握手，拍拍肩膀，甚至相互擁一擁，即使，剛才是如何的粗野。

咱們的孔老夫子說得好：「君子無所爭，必也射乎。揖讓而升下而飲，其爭也君子。」真實的烽火可以摧毀文明，滅掉人類，球場的烽火是文明的另類結晶。要爭，不在戰場，在球場，此刻，「揖讓而升下而飲」，古人於堂上比賽射箭時，不論升堂下堂都揖讓行禮，勝的負的都飲，負者先飲，勝者陪之，一東一西，一古一今，何其巧合，何其相似。人，可以一念之間奮力而起，有「見賢思齊」向好向善的一面。大概，我們沒有看過兩獅兩虎拚鬥、兩狗「狗咬狗骨」之餘，還來個甚麼的「君子之爭」吧！

即使是平常的比賽，一聲完結，雙方球員間立即忘掉九十分鐘裡發生過的「恩恩怨怨」，大家笑一笑打個招呼的鏡頭，我總是喜歡「追」看的。

我知道，世上沒有永不敗的將軍。「江山代有才人出，各領風騷數百年」，球壇上的風騷，西班牙正領著，他能領多久？我不知。歷史的卷帙，有的，已被人寫上，有的，慢慢攤開，待人執筆而寫。

費Sir，退休了！

如果，是「足球發燒友」（足球熱愛者），不可能不知道費格遜（弗格森）是誰，更不可能不知道他已經宣布了「震撼的消息」，終於退休。今年，是「光榮退休年」的良辰吉日嗎？或只是巧合得很，那「萬人迷」的碧咸（貝克漢姆）也告別帶給他名與利的綠茵草場。

「一代名帥」，若是中國人，以瀟灑豪邁的書法把這四字或直或橫寫成匾額，掛在殿堂，金黃耀眼，當必亮照古今。這稱呼，加在費Sir身上是受之無愧，位居響噹噹球會的主帥，戰績彪炳，平日的一舉一動總惹來江湖上的陣陣漣漪，甚或狂風急雨，他成功之道何在？「謀事在人，成事在天」，世間多少人致力於「謀」，宿夜匪懈地努努力力，但不見得必是成正比的回報，這「成」字多「深不可測」，且要在於天，天啊，「天意難測」、「天命難違」，教人如何是好？費Sir會知天？我不知，但確實天是有點厚愛他，七十一歲了，鏡頭所見，或嚼口香糖、或凝神細看、或搖頭嘆息、或振臂歡呼、或怒指裁判，真情流露間，全見不到老態。須知道，他風光的背後，要有縝密的思維來運籌帷幄，要承受得起塵世的大風大浪。雖然，七十一歲，現今的世代算不了甚麼的「古來稀」，可是，不可忘記，也有人六十多歲後已不濟了，更有更年輕的，一早就高叫：「壓力太大！」

「不老」是他攀上峰頂的主因之一。

他之所以被封「爵」，被稱為「阿Sir」，緣於上世紀一九九八至一九九九年度的球季，他領導曼聯雄師奪得了英超、足總盃、歐冠盃的寶座，「三冠王」的殊榮，凡人的一生裡能有多少回？「爵士」的冊封，是人世錦上添花的又一明證。想起那場力撼德國拜仁慕尼黑的歐冠盃決賽，先說個小小的往事吧。那年，跟一位廚房「大佬」論「波」（球），論得興致盎然時，常以「五個大洋」（五塊錢）來玩一玩樂一樂，看誰的「眼光好」，前幾場，我是贏多輸少，最後一場，我心想，算了吧，反正大家都是「醉翁之意不在酒」，輸贏並不是我們這兩「醉翁」所斤斤計較，我輸回一仗又有甚麼大不了，誰知……「曼拜之戰」結束，我們碰面時，我會心一笑，他卻苦笑，且道：「以後不跟你玩了！」對他而言，這一役是「慘痛的一役」，果然，以後我們只是「清談」一番就罷了。

其實，真正慘痛的是拜仁，整個比賽，曼聯的表現，一句話來形容最為恰當：「乏善可陳」。眼看，江山已定，拜仁的馬圖斯也被換了下來，坐在場畔脫鞋觀戰，誰料到，補時裡逆轉，天翻地覆的大逆轉，德國「粉絲」吞不下苦果的大逆轉，結果是拜仁上上下下的驚愕與沮喪，相反，是費Sir、是曼聯球員、球迷的歡喜若狂。以比賽論比賽，曼聯該輸，且是輸得無話可說，上天何以如此「不公」，如此偏袒費Sir?

當然，費Sir不是徒負虛名，但在他的「實名」裡我們也不能否認，是上天有意無意間的造就，一如歷史的風雲人物往往亦若如此。

他跟碧咸的恩恩怨怨，像惹人追看的電影電視劇情，圍看的觀眾煞是熱鬧，我們要「感謝」

他們兩人，否則，工作之餘，生活淡而無味之餘，哪裡會跑來這麼多的談笑話題。他們誰對誰錯？唉，是是非非，恩恩怨怨，濁濁的江湖，誰能夠拒而絕之？除非是遺世獨立。若問我，我「不是答案」的答案是：「兩人之間，有對也有錯，有錯也有對。」應怎樣量度他們「對」、「錯」的分量？不用了，就讓他們「各有分量」吧。將來，費Sir會否寫部「回憶錄」，把球壇種種的「內幕」、「祕聞」掀開揭起，特別是「更衣室飛鞋事件的前因後果」，讓世人大開眼界之餘，緊跟隨而來的「啊」、「呀」、「唉」等等驚嘆聲，必會連串地到處爆開。書，一定暢銷，熱潮，一定捲起。

又或者，別樣胸懷，寫來幹甚麼？天何言哉？上天可曾張開嘴巴的「說三道四」，默默地，百物還不是順四時運行，還不是春夏秋冬的花開花謝。費Sir，下面這幾句詞，是出於明朝的楊慎，也是中國人所熟悉的：「是非成敗轉頭空，青山依舊在，幾度夕陽紅？」快快樂樂地當下即是，昔日球圈的「快」或「不快」，就當作春夢了無痕好了。

退休了，幹甚麼好？據說，他會和太太周遊列國，另一說法，「我很願意能成為俱樂部的總經理或俱樂部大使」，費Sir，俗語說：「七十是人生的開始」，若百分百無誤的話，好、好，你可以再出發，從哪裡起步？跑往哪個方向？沿途會是怎樣的景色？會再遇上如「曼聯」這一驛站嗎？會再激起滿天絢麗的晚霞嗎？這一切，交回上天好了。

又或跟老朋友開開心心地聚聚說說，就「金盆洗手」吧，如何？

勝利，就是一切！

上星期二放工之後，有點事情要辦，我著意地匆匆辦完，儘早回家，因為要捧「自己人」的澳洲隊的場。澳洲對伊拉克，對咱們來說，是一場決定性的戰役，勝了，算是無驚無險地進軍巴西舉行的「世界盃」，輸了呢，一句話，「好事多磨」了（當時並不知道同組的約旦與阿曼之戰的賽果如何）。

回到家，球賽已進行，半場休息時看回上半場的精華片段，澳洲不是沒有機會，有頭頂，有腳踢，可是，不是被門將所擋，便是自己把握不到，徒使場上八萬多的「愛國粉絲」（當然，有小部分是伊拉克的忠心球迷）既「肉緊」（緊張得要命）又頓足，惋惜之聲四起。

好，下半場了，讓我暫且推開雜事，細細觀看。雨，越下越大，「粉絲」的狂情卻未減，揮旗吶喊，舉臂高呼，像誓要以我們高亢澎湃的熱情把我們的球隊推入「世界盃」的大道，然而，情況不妙，球員、球迷跟時間競賽，四十五分鐘裡的分分秒秒不會因我們放聲的叫喊而被嚇得停下來，雖然，人人勇拚，但一如「香港人」評說球賽時所用的慣語：「得個走字」，走來走去，看不到出色的球技，看不到美妙的傳送。九十分鐘還剩下多少時間？糟了、糟了，眼看、眼看……幸好，八十三分鐘，Bresciano在進攻的右前方，簡單直接，以右腳一傳，伏兵門前的Kennedy躍起，一記獅子搖頭，球，彈地，從伊拉克門將的左邊滾去，他本撲向右面，再想翻身已乏術。進了、進了、進了網，頓時，久等悶等，等了八十二分鐘的歡呼聲立時爆響，全場的湧動與落下的雨絲交織成一片，自然的美，真情的美，澳洲的一眾球員即時從後備席衝出，出去抱擁入球的英雄Kennedy，這刹那的激情，人的一生裡能遇上多少次？澳洲足球「粉絲」的美夢又再實現，明年世界足球的大宴會，澳洲會坐在席上，而不是只看別人觥籌交錯而已。我對著電視，沒有歡呼大叫，但內心雀躍不已。

勝利，誰不高興？球賽也好，人生路上種種的挑戰也好。「得失兩忘」的境界，是必先經過「得」或「失」的刻骨體悟始能真正地消融而入於「化」，貿貿然，一起步，就嚷著要「兩忘」，未免是欺己騙人，應知道，「見山仍是山」、「見水仍是水」之前是「見山不是山」、「見水不是水」及「見山是山」、「見水是水」的兩個階段啊。

勝利，就是一切。平定英布之亂後，當日並無怎樣文憑與學位的漢高祖也忽爾文采起來：「大風起兮雲飛揚，威加海內兮歸故鄉」，此刻，沒錯，在自己的故鄉，在江東父老，不，還有「江東嬸嬸」、「江東姨姨」、「江東兄弟」、「江東姊妹」、「江東小孩」等等面前，勝利了，是人生何等的快事樂事，人生得意須盡歡，明天的憂愁自會由兩肩承擔，讓全情去擁抱著眼前的歡樂。孟子認為天下間有三件樂事，一是父母兄弟在，二是胸襟磊落，三是得天下英才而教之，不知孟子有否玩過「蹴鞠」（唐宋後變之為「蹴毬」，已有類似現代足球的球門）？他若玩過，又若生在千年後的唐宋，當力戰苦戰，筋疲力盡而最後獲勝的一刻，身心皆暢然地與親朋戚友享受艱難而來的勝果，這滋味，或許，是天下的「第四樂事」吧。

當戰情膠著之際，教練Osieck把Cahill換下，Cahill一臉不願意地走到場畔，且對跟他打招呼的教練「唸唸有詞」，屏幕所見，我想，大概是如此的不快：「為甚麼？為甚麼要換我？」還幸，他性情不算暴烈，收下火氣後，還跟後備的眾「兄弟」擊掌致意。

比賽結束，教練球員手舞足蹈地樂在一起，記者的鏡頭一再捕捉Osieck和Cahill的相擁，訪問Cahill談到此事時，他說：「不要緊，不要緊。」只因勝利，勝利之火可以把恩怨是非燒之乾淨，倘若輸了，場面就絕對不一樣，大家鴉雀無聲，氣氛就如這幾天的天氣，陰陰冷冷，甚至相互埋怨，互數不是。順境，考不到人，逆境，才是一道大難關，不是人人能夠坦然泰然地踏步走過。

大戰過後，在公司工作時，找「水哥」胡扯一下足球的天南地北，他來自「足球武林」裡甚具江湖地位的義大利，喜足球也關心澳洲的足運。嘻嘻笑笑的「廢話」後，他直言，怕「世界盃」的小組賽時，我們會全輸。確實，老的老，嫩的嫩，更乏天才橫溢，技術出眾的球員，澳洲要怎樣面對未來的各處高手？

卷十一

回港一行（之一）

九年了，朋友笑問：「為什麼這麼久才回去？」為什麼？我只能答之以「等時機的成熟」，如今，「時機到了」，內心一股湧動，告訴自己：「一把年紀了，該回去看看親朋戚友吧。」要說是甚麼的「原動力」，這是最大的因由，至於朋友所言的：「九年，香港的變化大得恐怕你認不出來！」我明白，我明白，世事怎會有不變？不說別的，鏡裡看看自己，所謂「歲月不饒人」就是明證。變，像宇宙的運行，永不休歇。

坐的是早機，傍晚便到香港。機上，除了吃吃喝喝，看看航空公司提供的「人有我也有」且陳舊的電影外，心血來潮寫詩一首，「香港與澳洲的紅塵在哪裡？」這一句是有感而發，機在空中，我在空中，應該暫且抖去響在耳畔的人間是非，讓思緒「不善」也「不惡」地同時並存。可是，有永不落機的一回事嗎？除非隨大化而去，不能不吃人間煙火，我仍要逐逐於現實的人世間。弟弟早已約好，在機場大堂的「X記」等我。

要捕捉的，是離機到大堂時的那剎那感受，這人聲到處如鼎沸的大紅塵，是當日父親逃難之所，是生我長我育我思我定我日後要走什麼路向的地方。快十年，父親眼中的這「第二故鄉」，我心中的「第一故鄉」是陌生是熟悉？是變中有不變？親人朋友仍安好？雖然，資訊發達的今天，很多事情，手機一按便如在肘邊，但總不若堅堅實實地一腳踩下去，我久違了的地方，總不若眼對眼面對面地放聲高談，談三千多個日子的變幻，你的、他的、我的。

棲宿於弟弟家，他住在「烏溪沙村」的村屋。走下去便是「烏溪沙青年新村」，仍記得，初出道時曾和我班中五的學生宿營於此，師生於雨中足球大戰一場，年輕的我，和更年輕的他們踢得忘情忘我，三十五年前的舊事了。如今，他們中年也過，我亦已是「耳順」之後，此刻走過，地方仍在，球場仍在，只是四處的環境改了，昔日的空空闊闊已召不回來，換來高聳的樓宇作為背景，這就是彈丸之地的香港，變、變、變，時間，這「魔幻師」的手一揮，棒一指，變得我們眼花繚亂，變得我們的生活不得不往前一路叫喊廝殺。回墨爾本前夕的早上，特意跑進去，到足球場看看，再轉過一點，是了，ＹＭＣＡ的「招牌」，手機連按幾下，拍下我永不褪色的憶念。離開時，我跟門口的保安笑說：「這不是集體回憶，是我個人的回憶。」

走了出來，右轉，迎我的是「馬鞍山海濱長廊」，全長三點二公里，面對吐露港、八仙嶺、山上的中文大學、遠處的一片濛濛漠漠，清風吹拂，繁囂之地中讓人鬆一鬆、歇一歇、跑一跑，所以，這裡，是另一類的繁忙，特別是早上晚上，真的是途人如鯽。每天清早，我都到這裡走走，當然，除了我，更是眾多的「晨運客」，其實，即使是黃昏之後的入黑，依然是嘈雜的人聲，有太極拳的、有各種健身活動的、有播放音樂的、有踩腳踏車的等等，香港，不錯，是跳動不累的城市。

另一邊，一步踏過去，是「馬鞍山公園」，不算很大，鬧市裡的一處休憩之地，連接「馬鞍山公立圖書館」及「馬鞍山體育館」，再過便是天橋便是「馬鞍山廣場」，商店密集，起居飲食的焦點，是「最生活的生活」的地方。說回這公園，靜旺交接，來的人很多，尤其早上，不少是熟客，來這裡走走，做做運動，每天如是，也談談聊聊，談世事，聊人間，人的一生裡誰能夠擺脫這些東西？那天早上，是「免費電視發牌事件風波」之後，見到兩個老人家因批評時事而言語衝突起來，政治取向迥異，越爭越吵越吵越烈的粗聲惡語清晰可聞。對，這就是我們熟悉的環境，爭拗與對立，打從小時候開始已聽進我們的雙耳。

但願，依然可以容納不同的聲音，更重要的是公義仍在，不因強權利害而被扭曲。

回港一行（之二）

回去一行，不用問，吃吃喝喝、聊聊談談是必然的「例行公事」。

傍晚下機，經海關驗證、提取行李、再加巴士的不近路程等等，到了弟弟家已快九點，甫放下行李，他即說：「去酒樓吃飯。」到了近處的酒樓，他問：「晚飯？還是『打邊爐』（火鍋）？」總覺得「打邊爐」應交給冬天，尤其該是屬於冷得口呼呼凍得雙手互揉取暖的季節，人造的冷一如電影的假雪景，即使逼真，也不免有所「隔」，吃起來就缺乏在冰天雪地般的真正冷意裡，大碗酒大塊肉大把菜地連嚴寒也一併吞下，然後呼哩唏嘩地吐出陣陣熱氣的淋淋漓漓，這是「造假」所不能造出來的。「晚飯好了。」我說。是我太苛求嗎？我也知道，濁濁紅塵中應偶爾隨俗，下地與眾同樂，又何必老是執著不放？

這一頓飯為我三星期的大吃小吃展開序幕。確實，香港就是讓人吃的地方，地小人多，酒樓茶肆開得真的是五步一樓十步一閣，一出門，各種各類的吃便在肘邊向你招手，吃啊吃啊，食客紛紛，管它或早或午或夜。「品類盛」、「口味豐」，這樣的形容實不為過。若是患上「腸胃鄉愁病」的，彈丸之地準是個治療的最佳地方。一般而言，家居並不寬敞，在家裡作東而大弄一番嗎？算了，算了，一個電話打來：「星期×，×點，×××酒樓。」乾手淨腳的安排，成為親人朋友同事相聚話舊的必然場所。

那晚，在外甥女家裡，一家人說笑吃喝的晚飯後，拍了幾張照片，再多聊一會，外甥女偕同夫婿就開車送我們回去，但意猶未盡，一行五人，包括他們那口齒伶俐的小女孩，並沒有開往沙田，卻直赴西貢，說要吃「糖水」。西貢，一星期前的白天走過，晚上，是另一番嫵媚，已夜了，但「糖水」店的客人還是不少，之前，我們就要等了不短的時間才把車泊好，此刻，一吃完，早已有別的顧客等著，等我們的座位。香港就是香港，日夜都不休的城市，換上墨爾本，即使是黃金時間的星期六晚上，不管怎樣的忙碌，九時多十時之後，熱鬧便慢慢沉下、沉下，餐堂幹活的我們已準備收拾、收拾，然後，等吃消夜。

親戚朋友久別再逢，免不了談、談、談，既詳談也長談，幾天下來，喉嚨竟有點沙啞，於是，有人提議，叫我不如錄音吧，反正，「個人及家庭情況報告」、「墨爾本生活的點滴」等等都是千篇一律，錄好了，一按，眾人細心聽聽，我的喉嚨可以休息休息。說的也是，但一碰面，座位一坐，豈是我一人，其他的都「情不自禁」地滔滔闊談，像誓要在一兩個小時裡把說的一傾而盡，人間深深，世事疊疊，那有說得完的一天呢。除親友，還有昔日幾十年前的學生，一是日校的，一是夜校的，我每次回去，大家都會約出來茶聚、晚飯。這次，藉現代科技的無遠弗屆，有學生把與我合照的照片擺上「臉書」，另一批「驚」見了說：「杜Sir回來！」於是，立即「急召」，剛巧，回來前夕的星期五有空檔，又是酒樓相聚。細數，起碼三十五年沒見了，大家都高興雀躍，性情依然無改的阿俊坐在我身旁笑問：「阿Sir，到底先帝是怎樣的『創業未半，而中道崩殂？』」我「就地取材」地笑答：「那時，先帝剛好『飲茶』飲到一半……」此語一出，彼此哄然大笑，幾十年前，課堂上我口沫橫飛，「驟雨」狂灑的一幕，讓歲月把它定格好了，幾十年後的師生之情仍未減退，且隨大家在生活的體驗磨練中閃出新的火花。

「一陰一陽之謂道」，生活，免不了有樂與哀，從朋友口中得知他們的一些親人已離去，九年裡的生死變幻，這經歷後的一點滄桑寫在他們的臉容及神情上，對人生的體認也多了一份成熟。據他們道來，這麼巧，「精神問題」是主要的殺手，七百多萬人如罐頭裡的沙甸魚般地擠在一起，元朗，生我長我的地方，本是「魚米之鄉」，這趟回去，「大馬路」的兩旁由朝到晚總是擠擠的人群，跟前的人流老是淤塞著似的。那天早上，坐巴士到中區，冷眼而觀，上層有三分一的乘客都是身體微側低下頭地「釣」啊「釣」，正延續沒完的夢，然後，一下車就不得不努力撐開兩眼。這種「釣魚」之舉，大概每天都如此吧，昨夜很忙？無論為「正經事」而忙為「非正經事」而忙，始終是傷身損神。

「靜為躁君」、「結廬在人境，而無車馬喧」，老子與陶淵明的所說並不見得古老落伍，我們不妨往裡面沾沾點智慧，以化解日常生活中的一些「衝」一些「趕」。

回港一行（之三）

故宮在哪裡？在海峽的兩岸，這是大家所知道的，也當然，很多人都去過，若問，香港有沒有「故宮」？有，我說的。有嗎？對，就是「香港歷史博物館」，我把它喻之為「香港故宮」。固然，論歷史、論規模、論氣勢，後者短得很多小得很多弱得很多，但歷史就是歷史，任何地方都有其歷史，能硬將歷史焚燬嗎？能硬將過去砍斷嗎？如果，歷史焚燬過去砍斷的話，人充其量只有現在及未來，是會導致生理精神上的缺陷。

兩岸的故宮，故宮裡的文物，文物之上的「形而上」之思，是我們文化精神的根，而小小的香港，六十餘年切切實實的生活，有笑有淚的歲月，昔日走過的日子也是孕我育我的母體。那天，像走回去，我抱著一種尋根的心情，走往「香港歷史博物館」，在這次回港的假期裡。

三個星期之旅，弟弟是我生活上的「監護人」，舉凡在家的飲食、出外的交通、路程的安排等等都給我妥妥善善的照顧。其中的一個星期一，天朗氣清，也是「導遊」的他領我往外走走，我們先到尖沙咀海旁的「星光大道」。俯看跟前，每隔一小段的路面都會見到香港著名影視名星所打的手印，不管「雅」與「俗」，這七百多萬人擠在一起的蕞爾之地，他或她們動一動身，每每，大家便立即張起眼睛來看，只是看得或多或少的不同而已。一直走到成為焦點的李小龍的銅像處，眾遊客紛紛口說說手指指，到底是「人傑」的李小龍顯揚了香港的名聲，還是「地靈」的香港培育了李小龍的霸業？「截拳道」會是武林上的一朵奇葩嗎？問誰，問銅像的李小龍？即使風中雨中，他只是永遠沉默，微斜地寬胯坐馬，兩手擺開，準備踢出快、狠、勁的一腳。

今日的重頭戲是我們一遊位於尖沙咀漆咸道的「香港歷史博物館」。我們回到時光的隧道，把時間推回再推回，走回我們未曾走過的歷史光陰，也走回我們曾經歷過的年代，弟弟與其他幾個遊客緊跟著解講員隨序而行的講解，我則隨意瀏覽。

眼前一亮，那不就是新界「圍頭」的「點燈」嗎？生了男的，家裡高興，村人高興，便要「點燈」來慶賀，小時候，在所住的那條村裡見得多了，因此而吃的「盆菜」也吃得多了，我們不必一面倒的重責，「重男輕女」的不該外，另一面，亦有其經濟實用的原因。轉彎一抬頭，是張黑白的照片，照片上的一群小孩不正是圍攏著爭看「公仔書」嗎？五、六十年前的「公仔書」是我們日常生活的「精神食糧」。再一看，「晉源押」？不是在元朗的嗎？就在我小學時學校的對面，原來，眼所見手所觸的是逼真的「複製品」，弟弟也無意且喜悅中發現他讀小學時的「鐘聲學校」，有幀黑白照片列入了「香港教育發展史」的檔案。「五十後」的我和他，生在長在之處，黃河、長江遙遙不可及，可是，如果，只是流於表面口頭上的「黃河啊」、「長江啊」，其情未必是真，「小乘」的彈丸之地卻是我們共同的呼吸。

「香港歷史博物館」的展出共分八大部分：自然生態環境、史前時期的香港、歷代發展、香港的民俗、鴉片戰爭及香港的割讓、香港開埠及早年發展、日佔時期、現代都市及香港回歸等等。麻雀雖小，但若不甘心只限於拍拍照的到此一遊，而來個用心用力，再加上做點筆記的話，起碼要細看一兩天。

我們匆匆看罷，弟弟再帶我到另一處，何處？是引人諸多聯想的「重慶大廈」，那是「虎」嗎？要偏向虎山而行？我們在樓下地面逛了一圈，觀看各店鋪各種不同的物品後，排隊坐升降機到某一層的餐廳，老闆好像是印度人，我們點了地道風味的「咖哩菜」。入鄉隨俗，江湖也跑慣了，老闆連伙計都能說廣東話。一頓飯下來，我們是「完整無缺」地離開餐廳，坐升降機下去，一瞬間，便混進行人匆匆，車來車往的喧囂裡，該入世乎？該出世乎？翻手覆手，應兩者兼合，運用之妙，全看自己了。

回港一行（之四）

香港跟澳門只是一水之隔，「港澳、港澳」，我們一向都是如此稱呼，可見兩地關係的密切及來往的方便，可是對我而言，距離上次的「澳門之行」已是二十多年前的往事了，且是畢業多年的學生所「慫恿」的。這回，機緣巧合下算是舊地重遊吧。

回來後，跟朋友說起「馬交一日遊」時，他們總是不期然地問我：「有沒有看『水舞間』的表演？」還幸，答案是沒有令他們「失望」。若問我的「觀後感」，幕幕水景配以璀璨的燈光，再加繽紛的舞蹈確是極視聽之娛，且千丈水深，可以高台跳水，一下子，又變成滴水不見，現代科技，實令人歎為觀止。

科技該和人文精神相融相合始能使兩者發揮得淋漓盡致，光是科技未免欠精神的內涵，光是人文恐怕缺現代的容貌。

對於澳門，弟弟是識途的老馬，他曾於此開過畫展，也曾受邀作藝術的演講，偶爾，則跟朋友舊同事渡江一遊，所以，這一大的行程，不用坐計程車，頂多向途人問一兩句而已，就去了幾處「非名勝」的地方，譬如說，像「營地街市市政綜合大樓」，那是值得甚麼一遊的景點？算不算是「景點」，可因人而異，它只是柴米油鹽醬醋茶得很的普通市場，也有吃的店鋪，阿叔阿伯、阿姨阿嬸，阿哥阿姐等等正圍坐午膳。弟弟帶我來，主要是為了「瓦煲煲咖啡」，他說，這檔是他認為最好的，我們叫了兩杯，只見檔主熟練地手起爐開，手落爐關，未幾，咖啡煲好，用網隔一隔，別緻香噴，「中西合璧」的飲品便端在我們眼前。檔主隨和健談，大家攀談一陣後，他送我們一杯免費的「瓦煲煲奶茶」，並合照一張，茫茫人海，是彼此萍水相逢的「證據」。

又像我們尋幽之際，這「尋幽」是確確實實的，是風風光光熱熱熾熾現現代代的賭場以外的追追尋尋，尋一些時間裡已走過的步伐，抬頭一望，「福榮里」的匾額在咫尺的頂上，由右至左略帶「顏體」味道的三個字清晰可辨，我們沒有走進去，依然是左鄰右里？依然是守望相助？我倒想到孔子的：「里仁為美。擇不處仁，焉得知？」不過，既「福」又「榮」已是人間另一種的美。裡面是甚麼的景況？街道全是以老古的青石鋪成？如果，我向晚走過，能找回歷史多少的夢？

澳門除了「娛樂事業」外，便一無所有？一個城市總不能完全淪陷於物質的拚命消耗及喧嚷不絕的官能刺激。我們到「民政總署」一逛，看到了「全澳書畫聯展」的宣傳板，中文與葡文並在一起，已是第二十九屆了，原來我們心目中那種「沙塵滾滾，殺錯良民」的氣氛外，仍是有人「逆道」而行，追求寸心間的圓融自足，是社會「大拼圖」裡的小小一塊，有多少人會留意？然而，即使不起眼，即使不熱鬧又有何憾？人間大事大業的成就者，不論士農工商，不論是文是理，不論是動是靜，定必經過「寂寞」的階段，俗語說：「台上一分鐘，台下十年功」，這「十年功」是在無人的知曉裡，把劍磨了又磨練了又練，堅持與忍耐的大醞釀後，他日，一出劍，始能寒光四射，眩人眼目。人絕不似其他動物，吃飽了只等下一頓的吃，「理想」，久違了的字眼，人可以會為此而精進不休，完成了英雄的一生，豪傑的一生。

所以，快已三十歲的「聯展」，仍能依然「生存」於人世，人文的東西，雖柔弱還是韌而不滅。

當然，民以食為天，走到賣吃的地方，都是人，都是喧喧鬧鬧，都是擺列出來的食品，真好，可以隨便的「試食」，除了是商業社會的經營手法外，我們厚道一點來看，也該說聲謝謝吧。但「試食」不等於「正食」，晚飯時，我們走進一家標榜「地道葡國菜」的餐館，入鄉要隨俗，「家鄉菜」留給在家鄉吃好了，至於真的是「地道」嗎？我們又可以問誰呢？坐九點多十點的船回港，一天之旅，就在海上的一片漆黑中結束。

回港一行（之五）

「九年之癢」的回港一行，最主要的目的是見見親朋戚友，大家聚聚說說談談，說甚麼談甚麼？甚麼都談，由家國大事到風花雪月，反正嘴巴是屬於每個人，每個人屬於自己，直至今天，香港依然可以隨各人的所欲而讓口水的浪花滔滔，「統一口徑」暫沒有被硬塞過來，明天呢？明天的事誰能知道？

若就以此目的而言，今趟回港之行可以用四字作結：「收穫甚豐」。怎樣的「甚豐」？譬如說，快十年未見的堂兄堂嫂堂姪，大家一約後便在西貢的「鄉村酒樓」相聚歡談；三十多前年畢業的學生，驪歌一經高唱，師生之情似乎也一起「畢」了，今回，機緣巧合，大家坐在城中的酒樓再聊再笑說一點從前，這兩樁樂事是我所意想不到的。跟兩姪兒也是久別後的喜相逢；到屯門外甥女的家裡晚飯，姊姊、姊夫、弟弟、外甥女的夫婿、再加他們幾歲大而乖巧的小女兒，整個晚上，天倫親情之樂洋溢，彼此的笑語盈屋；舊同事振臂一呼，呼來更多舊同事同來話舊，這些、這些，為我此行增添了「開心指數」。

假期裡都住在弟弟家，他住在沙田烏溪沙的村屋，普普通通的村屋，但附近的環境卻十分不俗，走不遠便是「烏溪沙海濱長廊」，面對海波粼粼的吐露港，晨早黃昏都見到來往不絕的行人，或運動或隨意走走或其他甚麼的。三星期的生活，他對我可說是「呵護備至」，我排第八，弟弟排第十，自小我們便暱稱他「阿十」。我的印象中，他在中學時便甚興趣於美術，或許，受五哥與及他的美術老師所影響吧，中學畢業，考上教育學院，選的便是美術，出來教書後，感於自己的不足，再利用晚上的時間，在一所私立大專修讀藝術。「私立大專」？政府不承認的啊，這麼辛苦讀來幹甚麼？孔子說得好：「古之學者為己」，「人文精神」就是要這樣子的胸懷，進德修業，學然後知不足，不足然後努力以求，一念之間的超拔可以凌駕於「承認」或「不承認」。

從一九七六年在「傳達畫廊」的個展起到去年十月於「ＹＹ9畫廊」的四人展止，藝術大地的漠漠裡他已策馬奔馳了三十七年。二零一二年三月中，我們兄弟二人於墨爾本「東西畫廊」舉行「詩畫展」，期間，他住在我家，閒聊時我曾問：「阿十，平時有沒有甚麼的投資？」他回答：「我在藝術上的投資就是一生最大的投資！」答得好，也最令我動容。這亦是「生命的投資」，焦準於自己的埋想，「造次必於是，顛沛必於是」，雖千萬人吾往矣，圓融自樂，宇宙就在吾心，借用柳永所言，一生奮進之後，「衣帶漸寬終不悔」而已。

兄弟二人，屬於同父母同一個家庭，自有不少的「二人記憶」、「共同話題」，這三個禮拜，隨時隨地，我們談了很多很多，怕只怕談也談不完。某夜，坐巴士回家，我們不知怎地聊到中國哲學的問題，他以李小龍的「截拳道」為例，認為到如今，中國哲學不該再「隸屬」於「儒」、「道」兩家名下，而另起新的爐灶、新的內涵，當然仍有著這兩家的精神（大意如此）。我的認知告訴我，也正由於此，五千年文化得以悠悠久久，然而，漢儒是有別於宋儒的。不管如何，他的一說足給我反思自己平時讀書的欠深欠廣。

接機，是他，送機，也是他。「九年之癢」，短短的三星期就能徹底療好？一償心願便算了。到了機場，辦了手續，背著手提行李，進海關前的一剎那，我回頭一望，我心知，他會等我的一揮手，換句話說，他也知我必回首一看，大家一聲珍重的道別，「回港一行」便正式落幕，總的來說，是徐徐有致的落幕。漠漠人海裡，前世我不知，今生是兄弟，兄弟是緣分一場，能彼此相契更是緣分中的緣分，福要積要惜，緣分亦是如此啊！

路，展在兩人的眼前，該怎樣走？或者，具體一點說，該怎樣走出一番景色來，確是一張不易回答的考卷，除非宣布投降，否則，我們確要好好地走下去。

卷十二

人物篇（之一）

人過半百，回頭裡就想到走過的行程，曾遇上不少途人。有些，我是知其名；有些，擦臂而去，無法問個究竟，不過，他們都給我留下了永遠的憶念，而且，潤飾過我淡淡的生活。

張校長，我小學時的校長。

他好像是教我們「社會」科，不要緊，反正教甚麼都不大重要，我依然記得的，不是他教學的內容，是他上課時的天馬行空，不知他到底有沒有所謂「教學大綱」？時而說說故事，說得我們這些鄉村小孩哈哈大笑，時而教教我們辨認一些中國文字，譬如說：「粟」及「栗」。

「要記住，『米，叔』、『木，律』。以下面不同的字來分別，下面『米』的讀『叔』，下面『木』的讀『律』。」這樣的「教學法」不知算不算他自己獨創？

「戍」、「戌」、「戊」呢：

「『橫，恤』、『點，戍』、『戊，中空』。內裡一橫的讀『恤』，內裡一點的讀『庶』，內裡空的讀『務』。」像「歌仔」般的唱吟，我至今不忘。

「『行行行』這三字該怎樣讀？」問得我們目定口呆。「應該是……」他笑笑也慢條斯理地拆解：

「是讀『恆、杏、杭』，最後一字是店鋪的意思，前兩字是指我們要行好的品行。」當然，香港是粵語的「管轄區」，我們讀的是九音的廣東話。

有一天上課，他神色有點嚴肅地問我們：

「你們有沒有看報紙？知不知道一些世界大事？美國總統被人行刺。」

「甘迺迪」？甚麼人？我們哪裡知道人世間的擾擾攘攘？而且，這麼遙遙遠遠，後來，有關甘迺迪的點點滴滴他都提到，直至整件事情的塵埃落定。

他的板書，清秀而有骨力，他書寫時的神態，我依稀仍有印象，後來才知道那是「柳體」，柳公權的骨健之力。

人物篇（之二）

（一）

張校長是我所認識。

也有不認識的，卻依然記得他們那獨有的神情。

他，每天都要「北望神州」？

那時候，元朗最繁華熱鬧的地方是元朗大馬路的中心點，大路旁有家「美亞辦館」，前面有座「警崗亭」，警察站在亭上指揮交通，也指揮途人安全地走過馬路。

他不走，只站在一旁，不言不語，往上水那方凝視，跟前必定放著一本《春秋雜誌》。

是怎樣的一首偈語？一則玄祕？

或者，裡面是怎樣的一番微言大義？孔子之所以作《春秋》，孟子認為：「世衰道微，邪說暴行有作，臣弒其君者有之，子弒其父者有之，孔子懼，作春秋；春秋，天子之事也。」一言蔽之，孔子作《春秋》是要亂臣賊子懼。但歷史滾滾洪流，一旦當道，謊言千萬遍可以化為「真理」，亂臣賊子成了「正統」，何者為是？何者為非？歷史的門啊，要用甚麼的鑰匙來打開？

他每天都站在這裡嗎？我不知道，只是很多時候走過都見到他，見他一臉默然，無視別人的眼光。

他要望神州，望夢中的故國？在這一丸之地。一波又一波的政治運動，終至十年的浩劫，囂風狂雨，他是現代的桓景？身在狹小的夾縫，避過多少的大災小劫。

這是上天給中國人開的玩笑？

他是誰？有沒有人問過他？只見途人來來往往，好像，他是不存在的，如螻蟻般的小人物，誰會理會？而歷史太累了，分不出半點精神去照顧他們。

（二）

謎，何止一個，一生中不知遇上多少的謎，教人怎樣一一找到謎底？

某黃昏，在村裡跟同伴玩耍之際，忽然，一個陌生人騎著腳踏車，既急忙又飛快地從我們身旁踩過，直馳而去，來不及看清楚他的容貌，腳踏車已在鄉間蜿蜒小路的盡頭消失。快得不正常，快得令我們駭然。

然後，緊接著跑來一個帶點氣喘的警察，他是要追那陌生人，追不上，停下步來，問我們旁邊的大人，像那個人的樣子有何特徵？往哪個方向逃去？

是四十年前的事了。

警察沒有問我們，整件事跟我們完全沒有關係，但我們這些鄉村野孩子，面面相覷之餘，是內心的一份驚恐，且流露在彼此的臉上。那必然是個壞人，必然幹了惡事，那時是個「忠奸分明」的年代，那時是我們心靈稚幼的階段，容不下「壞」啊「惡」啊，或許，算是第一次零距離地「觸」到了罪惡吧。

年紀漸長後，始明白「忠」裡有「奸」，「奸」裡有「忠」，又教人如何像數學般地一一計算清楚？。

（三）

如果，真的，說到「謎」，還有不少，讓我再說一點點，讓你猜猜，猜猜他們姓甚名誰？現在，在天的何處地的何方？

母親是在人家的店鋪前擺檔替人縫補衣服，寒冷的黃昏，一天完了，明天再做，我和她走在回家的路上，是天凍人稀的街頭，是一家叫「商會」的小學，前面是巴士站，一個小學生正等著巴士。車來了，小孩子揮手，巴士很空，乘客不多，卻不知怎的不停下來，只飛快地飛過了站，留下不知如何是好的小孩。

我們剛巧走過看見，巴士司機何以如此忍心？換來了小孩的無助與沮喪。後來，他是甚麼時候搭上另一巴士？我不知道，直到現在。

「唱龍舟」的來我們的村裡，向每家每戶討點米，唱的是甚麼歌？打的是甚麼拍子？我忘了，但忘不掉那時的社會風氣，忘不掉我家雖窮，仍「擠」出一小把米給他，而且，大家大都這樣做。大家撐著，為自己，也為點別人。

街頭的一個阿嬸，她替人家熨衣服，用的是舊式的炭燒熨斗，我每天上學都會看到她。慢慢地，來回熨啊熨，熨出生活，熨出那時悠悠的節奏。

一家雲吞麵店，家庭式的，全家總動員以維持生計，我走過時總愛投以一瞥。它的店名我已記不起，但側牆上有大字三個：「近水閣」，仍存封於我記憶的小室。附近是有水的，那地方叫「水門頭」，是否可以「近水樓台先得月」？在「近水閣」一面吃雲吞麵一面賞賞月，真有詩意，我說的，是那個年代。如今，趕、趕、趕，吃完，付了錢，我們又要急急地踩進滿街的匆匆。

人物篇（之三）

（一）

業伯出殯那天，母親、弟弟和我都親到靈堂下跪拜祭，送他老人家最後一程。那時，我們已沒有住在那個地方，是聽到昔日鄰居所說，知道他老人家去世，我們懷著一番誠摯，向他致最深的敬意。還記得，是星期六下午，我下課後匆匆趕去。

說他是「老人家」並非禮貌上的客套之言，是名副其實的，以九十多歲的高壽劃上人生的句號。

那地方叫「水邊村」。山，並不很明，水，卻有其秀氣，一出村前，就見汪汪一片水，與及連綿不斷的稻田，就這樣，讓我從小或多或少體驗到中國農村的秋收冬藏，寒來暑往，鄉人間的淳樸忠厚，當然，也有人性裡免不了的貪心奸狡。

初搬進去，或許是民風未開的排外，不少鄉民稱我們為「來路人」，甚至是「難民」，小孩玩耍之間的爭拗總是我們不對，鄰居的雞被偷了，也跑來我家咆哮，硬說是我們所做。

（不過，隨著歲月轉移，相互接觸多了，尤其下一代，大家同玩同入學讀書，此狹隘之思漸消於無形。中學時，我更被「拉」去踢村裡的「青年足球隊」。）

但隔壁的業伯獨排眾議，凡事公平處理，以對一般鄉人之心來對我們，甚且，別的鄉人對我們無理之際，他會挺身而出，為我們討個公道。他年輕時曾去「行船」（當海員），飄洋過海，見過世面，或許，這是其中的一個原因，養成他闊大的胸襟，能免於其他鄉人膨脹的「本土主義」。

小時候，家裡沒有收音機，晚上，我們就走去他家聽「商業電台」膾炙人口的廣播劇，如：《雷克探案》、《碧血芳魂》、《罪人》、《儆惡懲奸》等等，這都是我們當日日常生活裡唯一也是最好的娛樂。閒來，他會向我們說說他「行船」生涯的苦與樂，各地某些獨特的風土人情。至今，我印象仍深刻的是他講滿洲人敗了，民國成立，消息傳來，船上的中國人大都即時剪掉辮子，以迎接新的時代。不少天真好奇的洋人就拾取他們的棄辮，用布帛整齊包好，不知是因為一份爛漫而帶點輕蔑之心，還是要為歷史作證？

有一天，他買菜回來，有點氣沖沖地向我們一傾而訴：

「剛才買生果，那果販問我：『阿伯，這些布冧（李子）你吃過沒有？很好吃的。』我對他說，這些叫布冧，你知從哪一國家來？哪個地方最好吃？我年輕時親手摘過，不知吃了多少呢！」

老人家仍有赤子之心的一面。

直至搬走之前，我家那鋅鐵皮木屋依然沒有裝電錶、水錶。電，就搭用業伯的，裝上分錶，每月按所用的度數給他電費；水，則以水管接他家的水龍頭，每個晚上，源源地流過來，雖然兒孫都住在同一條村，但他始終一人獨住一間，秏水不多，每月的水費，我們都樂意全部繳付。正因一人孤居（妻子早已去世），我和弟弟先後睡過他的閣樓，既方便自己也可照顧他。

我結婚時親自把喜帖送到他家裡，我和妻子倆也視他為至親長輩，向他行斟茶之禮。婚後，曾著意回到水邊村探望他，那是天氣頗冷的下午，我們推開虛掩的木門，他從暖暖的被窩裡起來，有點驚訝也喜不自勝。

（二）

表姊的音容，我當然不忘。

她叫我母親做「七姨」。

表姊、表哥同是畢業於廣州襄勤大學，日常，言談間流露出來的是學歷背後的儒雅之風。偶然的情況下，表姊跟母親聯絡上，她並不嫌棄我們這個窮親戚，常從老遠的跑馬地開車到新界的元朗來看我們，物質上，她盡力幫助我們，精神方面，更是諸多的鼓勵。那年，母親患上肺結核，那個日子，那種病，我們如此的家境，說是「黑暗時期」也並不為過，表姊憑她的學識與誠懇，向母親開解，也一番苦心的勸慰。當年，我們年小，懵然不曉，是長大後，母親一一告知。

所以，表姊之於我們是昔日暗淡無光的生活裡一抹亮麗的色彩。

一如父親常言的「己助人助」，人家的幫忙外，更要自己的努力，後來，姊姊、哥哥出來工作，家境慢慢轉好，但一飯之恩尚且圖報，我們的一代是自小就捧著這樣的金科玉律，何況，何止「一飯」呢。即使「耳順」後的今天，偶爾，我也會想到當日表姊對母親的恩惠來。

我們兄弟妹結婚後，每年都到她家拜年，她也為母親的晚年而高興，臨走時，總會塞一封紅包給我們，叫我們轉給母親。這就是她們那一代的待人接物，「重情」永遠是做人處事的第一章。

臨終前，她信了教，對自己的生命作了新的詮釋。我們姊弟三人都出席她的安息禮拜，為我們所敬重的人告別。

據母親生前所言，表姊被親人帶到香港時，不過是十多歲的小女孩，只是親人告訴她：「這是你母親的妹妹，是你母親的至親。」

就憑這點血緣關係，她永記於心且所做的早已超出那親人的囑咐。

移民澳洲後，種種因由，再沒有跟表哥和他兩個女兒互通消息，這實是一種遺憾。

人物篇（之四）

（一）

他是誰？

即使如今，偶爾，也想起中學時的某些生活。

哪裡的中學？新界的一所中文中學，學校大部分是「走讀生」，也就是一般的學生，或擠公共汽車、或騎腳踏車、或是走路，也有小部分的「寄宿生」，家在九龍或香港島，遙遙地跑來新界的鄉間就讀，平日的住和吃全都在學校裡，學校設有「舍監」以看顧他們在校的起居飲食。學校有膳堂，負責「寄宿生」的早、午、晚三餐，中午那頓飯，誰都可以「搭食」，一塊錢而已，有肉有菜有湯，頗不俗，且午膳時間的鐘聲一響，飯菜早為你準備好，「搭食」的人一到，蓋子一揭，椅子一坐，嘴巴一開，或細嚼，或狼吞虎嚥，開開心心，各人享受自己的「私隱」。

大多數的教職員皆在學校膳堂吃午飯，省錢省時間。

他，也是一樣，只是每回的午飯後，都見他在教務處門口來回踱步。初時，我甚感詫異，慣了，就見怪不怪。

後來，不知誰告訴誰，我也不知從誰的口中知道他的名字，一個很特別的名字，很「江湖」的，可使人立即想到：「一定是個不簡單的故事。」

打開記憶之窗。教務處前空闊得很，有花有樹，往前一點，是噴水池，我們的校舍，原本是偌大的別墅，特別放在那六、七十年代的節奏裡，更見其清清幽幽。他每日飯後的慢慢而踱，成了直到現在我印象裡仍未脫落的「標誌」。四處寧靜，鳥語花香，這一踱，踱出一種經歷巨變、看透世情後的沉穩與智慧。

仍是那一問，他是誰？他是香港粵劇界裡的一則傳奇，動人的傳奇，夠了，名，或不名，已不重要，又或，「不名」才更令人無限的想像。很可惜，當日，年輕小伙子的自己，傻傻然，面對如此的「傳奇」，如此的「寶山」卻兩手空空，不識請教。

（二）

如果問，誰是當代的「中國球王」？一時間，誰也不容易講出滿意的答案。我們童稚的日子，即使沒有親眼看過他的比賽，一問到，便會不約而同地說：

「李惠堂。」

他的風雲歷史，他在足球壇上的成就與影響，交給史書，交給執筆人的詳細介紹，我寫的是我所見，他活生生的一面。

他的《足球經》，我看過，還記得打開扉頁，先見到兩行不俗的書法，寫的是：「樹欲靜而風不息／子欲養而親不在」

說來慚愧，小時，我初認識到這兩句充滿深意的話正是在於此。似乎，書法是出於他的手筆，帶點行書風味的瀟灑，一洗別人心中「波牛」粗魯無文的形象。他的英文水平也不俗，是努力自修的成果。

一九六六年英國舉行的「世界盃」，決賽之役，他是座上客，鏡頭所照，他就坐於英女皇背後的不遠處，在亞洲，甚至國際足壇上的地位，由此可見一斑。

若你問，他的真正容貌，我見過沒有？見過，在台灣，大約三十年前。

那次，是全台灣學童足球賽的決賽，不收門票，歡迎觀看。我跑去看，是想一睹台灣青少年輩的足球水平。觀眾不多，我一人默然靜看，半場結束前，忽然，我看到一個人從外面走了進來，他穿黑色西裝，再看清楚，那不是李惠堂嗎？棒球熱而足球冷的台灣，當時有多少觀眾知道他就是受人敬重的「球王」？我不清楚了。

沒有前呼後擁，沒有鎂光閃閃，他靜靜地走到前面不遠處的「司令台」，拿起放在旁邊的椅子，打開，坐了下來，一個人專心欣賞。半場終於完結，工作人員、記者等等始笑說著地遲遲而來。他後來走到場裡，向兩隊小孩訓勉鼓勵。

就是這一幕，在我記憶裡永不褪色，若用文字來形容，這就是叫「沒有架子」、「平易近人」。換上別人，大有可能是千呼萬喚才出現，才來突顯身價。頓時，我很感動，只可惜拘於年輕人「不好意思」的心理，當時不敢趨前問好致意，現在想來，不無遺憾，也若有所失。其實，遺憾與所失的不只如此，那本《足球經》不識好好珍藏，讓它灰飛煙滅。

我所見到的，不是他的盤球射門，是他做人的風範。

人物篇（之五）

（一）

果真是叫「一面之緣」，卻給我留下的印象深深，且成為回憶。

該是受五哥的影響，中學時閒來就畫點國畫，山水的、花鳥的，但並沒有跟老師學，只是鄉村野孩子的自我興趣。初是臨《介子園畫譜》，然後是蕭立聲先生的《國畫梯階》，然後是嶺南派大師趙少昂先生的「色彩世界」，再長，也喜齊白石先生的「古拙」。

那個年代，我們不是「追星一族」，喜愛文藝的年輕人，心儀的是文、史、哲、藝術及音樂上有成就的人物，每星期看的是談文說藝的《中國學生周報》，拾人牙慧地自我陶醉。

藝術上，也皮毛點滴地知道些台灣畫壇上的人物，略聞「五月畫會」、「東方畫會」等等。

原來，台灣現代畫的「催生婦」是李仲生先生，偶然的機會，我見過他。

那年，李先生在「彰化女中」任教，我在彰化一鄉村國中實習，一天，趁假日之便，探望也是在「彰女」教中文的學長。他們同住在宿舍，且更是隔壁寢室而已。

「這是李老師，李仲生老師，教美術的。」學長向我介紹。

他的一點歷史，他寫的一點文章，我稍知一二，他的照片，我在書本上看過，眼前，是有血有肉的「立體」，會說會笑的「具體」。一顆年輕人熾熱的心，我有點激動，但欲說，又從何說起？我們只是禮貌式地打個招呼，寒暄幾句。他曾為現代畫狂呼吶喊，披荊斬棘，如今，「躲」在一所女中「安享晚年」？或稍作歇息後再去迎更多的風風雨雨？這些，我無法了解，也不可能在點頭之餘問個水落石出。而且，一年後，我就揮手別了彰化。

所以，我沒說錯，只是「一面之緣」，一晃眼，二十年已過，如今，提筆而寫，把當日短短的情情景景留在字裡行間。

（二）

那年（一九七五）在彰化「秀水國中」實習，租住了一間房子，房東是個地道的農民，日出而作，日入而息，太太在家照顧兩個小男孩，日開了家麵店，有回生意太忙，我蹲在地上替她洗碗，惹得走過的學生頻頻多看我幾眼。

隔壁住的是張教官，在附近一家「農專」當教官。

有一次，我走過他門口，大家除了點頭說幾句外，他盛意拳拳地邀我進去坐坐，我欣然說好。進門、坐下，我舉頭一看，是牆上掛著的一對書法：

「關山難越誰悲失路之人／萍水相逢盡是他鄉之客」是出於王勃的〈滕王閣序〉。

一讀，我心中已略知一二，再聊下去，更如所料的八八九九了。

故事簡單，他是外省人，老家在海峽的另一邊，當年來了台灣，歲月輾轉，後來娶了個彰化土生的女孩，生了一女一男。他鄉嗎？故鄉嗎？他的子子女女，以後，一切便以「新故鄉」為基點，「舊故鄉」只屬於張教官的個人罷了。對於我這個來自算是海外，其實是更鄉土的香港年輕人，越聊，似乎越近他夢裡的回憶。那晚，我們談得盡興，看來，張教官深藏的鄉情很久都沒有這樣子地一傾而出了。

（三）

他叫阿濤，是我們「秀水國中」的工友，除了打掃外，還負責桌椅等的修理工作。他原籍福建，妻子是近處的鄉人，我初遇他時，他的新房子剛蓋好不久，請我去參觀過，就在學校附近，水泥油漆的「鮮味」仍在，家具還未擺妥好，地方顯得十分寬敞。

阿濤做事勤奮，話不多，但偶爾也會開開玩笑地聊上幾句。農曆年之後，清明節之後，端午節在望了，「每逢佳節倍思親」嗎？四年來都已習慣了，又或新的環境裡年輕人總有點甚麼的鄉愁？我也弄不清楚。記得是星期天，兩三天後便是賽龍舟悼屈原的端陽佳節，向來我不算是個晚起床的人，怎知，阿濤一大清早便摸上來，到我租住的斗室，人未到，邊上樓梯邊已大聲地叫：「杜老師，杜老師！」

跟著，把我從不上鎖的門推開，不等我反應過來就將東西丟在桌上，跟著，旋風式旋回樓下，只聽到他在樓下喊嚷：「記得吃粽子啊！」獨來獨往似的，怪不得我們幾個初出道的老師都笑稱他是「荒野大鏢客」（時一齣西片的片名）。

我起來一看，是幾隻粽子，霎時，千般感懷湧上心頭。我是過客般的一年實習生涯，跟阿濤真的是萍水相逢，他卻滿腔心意，一份長者對晚輩的殷殷之情，這情，大暖了我身在異地而若有所失的心窩。

這一景一情，即使過了三十年，依然清晰如昨。兩三年後，舊地重遊，又喜見了阿濤，我們兩人拍了張合照，我把它保存至今。

人物篇（之六）

想不到，在夜校任教，一教就教了十一年，直到「大狗仔」上小學一年級，才「金盆洗手」，也拿了個「老人服務獎」，成為人生途上的另一個驛站。

那該是一九七九年左右，白天在「中大」讀「教育學院」，晚上在一家「夜中」兼課，這學校在家對面，方便得很，提早一點吃過晚飯之後就走路過去。冬天時，寒意裡有路燈有趕著來上課的學生相伴，人家是下班，我和學生卻又踩上另一程，別是一番滋味，為的是甚麼？大家咬緊牙關就是最好的答案，這答案能否對題？誰會管它。

夜校相異於日校，學生年紀較大、閱歷較深、思想較成熟，上課時，若硬依日校那套教學方法，一成不變的話，結果，不是「收視率」奇慘，就是老師的「港人治港」（「講人自講」的諧音，粵語相同），老師本身講得沒神沒氣，台下的學生睡覺者有之、東張西望者有之、自己做自己事者有之，一句話，就是慘不忍睹。像日校般，要見其家長嗎？開玩笑了，很可能，他或她，其中的一個身分便是他們或她們子女的家長。

十一年的夜校歲月，大前提，幸運、幸運，學生「給面子」的大家相安無事，讓我可以牛照吹地口沫橫飛，即使不娛人，至少先娛己，課堂外，則成了朋友，街上相遇，彼此都點頭微笑打個招呼。

一般而言，每班平均五十人，一年教兩班，十一年來就有學生千多人，但跟孔老夫子的「化三千」比較，仍是差了一大截。孔子有他的顏回、子貢、子路等等，我呢，不敢相比，但人性裡的血肉與淚水，豈有古今之別？

剛任教的前數年，學生大多是早年失學，所以，不少是以「補償」的心情來夜校，白天的工作結束，啃著麵包就來上課，其中有兩位女生，五年來的用心用力，「會考」取得優異成績，轉讀同校日校的預科，最終，考上門檻極高，入之極難的「香港大學」。幾年後的一天，大家在街頭喜遇，閒談說笑裡她們當日暮色中匆匆跑進課室的情景仍如昨晚的事情。

W為人頗沉默，我冷眼旁觀，即使下課，他也很少跟人開懷暢談。剛巧白天讀的「輔導」科要寫報告，寫輔導別人的個案，就找他權充「被輔導者」吧。約了他，在一家餐廳邊吃點東西，邊做訪問。

一問一答，他埋藏於心底的故事便翻了出來。他小學畢業後即出來做事，在人海浮沉，一心一意賺錢供弟弟讀書，弟弟的成績也不錯，不幸，天意弄人，暑假游泳時遇溺。幾番轉折，他跑來夜校再續弟弟未竟的學業，人生變幻，得與失，仰天嘆問，唯有無言也無奈。還幸，他「化悲傷為努力」，向弟弟向自己都有所交代，妻子也是夜校的同學。一九九七年我回港，某個晚上，大家巧遇於一家酒樓，他是一家三口來吃飯，可惜只是寒暄幾句而已。看甚麼時候，一個「緣」字又把大家拉在一起。

F則是別的版本。充滿年輕人的味道，包括正面的朝氣與負面的驕氣，偶爾交上一兩篇略帶「憤青」味的作文，我也跟他「過過招」，「評語」就看自己的心情而定，「心血來潮」時，是火花四濺，我提筆疾寫，手到心到意到，一停筆，再從頭讀一下，也滿意自己的文氣和析評，這薪水以外的「花紅」是可遇不可求。畢業後，大家從未再見過，而這一「緣」，不知要怎樣地從天而降了？

L曾對我說過，他讀夜校的原因：

「後來大家同學聚會，讀書的大多會說上一兩句英文，我們沒再讀書的就啞口無言。於是，跑來夜校，學學英文。」鏗鏘而有力，單刀而直入，目標就在正前方，這種原動力是最直接的。

T是來自中國大陸，在屠場做會計之類的工作。那時，我的「大狗仔」剛出生不久，某個夜晚，他們一行數人來我家道賀，要走了，他送我一包豬腳，且極傳統的，取其好意頭地放上紅紙，那紅色把豬腳染得斑紅處處。第一個小孩，每個晚上都弄到我們頭也昏了，很晚才能休息，此際，面對一隻又一隻肥膩的豬腳，天氣熱，不想把一片的腥臊塞進冰箱，唯有又刀又砧板，再燒一大鍋熱水，妥妥善善地，終於處理好，但已累成如一堆爛泥。

十八年前的往事了，累是累，或許，豬腳是他在屠場「信手拈來」，但心意就是心意，是超然於物外，超然於「信」及「拈」。

初時以為C只是玩玩而已，他愛談「風水」，喜說「紫微斗數」、「奇門遁甲」，偶爾，也聊聊老子，卻原來他頗有心得，至於功力，老實而言，我不懂，也無法說甚麼。後來，大家熟稔，聽他滔滔而談，對於宇宙、對於世事與人生，他自有一套見解。前兩年回港時，他開設了「風水館」並正巧開張，我行程緊密，沒有親自去道賀，不免有點惋惜。對於「風水」，我完全外行，凡不知曉的，我都不會隨便亂發意見，它始終是中國文化的一部分，如何去蕪存菁，如何正面地發揚光大，這才是我們所關心的。

S是新界原居民，大家都叫他做「村長」，其實，他真的是當過村長。他教導小孩自有其獨特的方法，頭兩個兒子分別畢業於「中大」及「科大」，有「招牌」為證，使人折服。聽他說，有些小孩在醫院出生之際，他仍堅持跑來夜校上課，淡淡訴說的當下，卻是搖頭中帶點唏噓。

鄉音無改，重重的「圍頭話」，總令人想及傳統的一些甚麼來。近年來，大家沒有怎樣的聯絡，但我肯定，只要一個電話通傳，彼此可以放下雜事，酒樓相聚，熱熱鬧鬧地暢談細說。

J，跟他認識是一種傳奇似的。我是他的中文老師，但從另一端來看，他也可以為我師。像對小說的欣賞能力，他比我高，劉以鬯、無名氏等的作品都是他介紹給我。某回，我在報上發表了一篇散文，他認為若以一點小說的手法來結尾，效果會更佳，的確，經他一提，我細細思量，倘一改，果是來點「蒙太奇」的味道。

原來，當日他也是《中國學生周報》的忠實讀者，所以，往往大家談得盡興時，師生名分間的藩籬也撤走。他常說，他喜「唐」文，也愛「番」文，因此，後來，在早已超齡的年紀，兩子之父的他，跑去一所私立大專讀英語系，讀來自得其樂，興趣盎然。更巧合的是，來澳洲的前幾年，我轉往一所中學，他的大兒子也是該校的學生，雖然，我沒有教他那一班，但他兒子在背後戲稱我為「師公」，「嚇」得不知內裡的同事，以為我是甚麼的「世外高人」。

有些師生間的趣事，是我所想不到的。移民前任教的中學，對面有家快餐店，某天，跟幾位老師一起吃東西時，見到一個我曾經教過的夜校學生，他當計程車司機，大家胡扯了一陣子。

某天早上，就是這幾位剛剛回到學校的老師走到我面前說：

「剛才坐計程車不用錢，那個司機說，杜Sir的同事嘛，不必收錢。」

一如李靖心知遠方起事成功的是虬髯客，我也知道那司機是誰人，頓時間，有點「飄飄然」的我竟不知如何回答。

最後幾年，總的而言，學生的勤奮已大不如前，這或是因社會風氣的轉變，又或是「九年義務教育」所造成的「惡果」。

十一年的日子已成過去，「人之患」雖不能成大富，但師生間某些契合之事，不失為人生的樂事，且不少學生都是街坊鄰里，偶然買東西時多點「小利」，也算是生活上的一些「小惠」吧。

卷十三

餐館手記（之一）

還記得臨走的時候，那經理用廣東話對我說：

「好吧，這個禮拜六晚來試試，看看我們『賓虛』的場面。」（指一九五九年的電影「Ben-Hur」，引申為場面浩大熱鬧之意）

是朋友說的，附近那家餐館請人，不用怎樣的經驗，肯幹就行了。請的是「傳菜員」，工作是從廚房把廚師煮好的菜拿到外面，「傳」給招呼客人的侍應生（waiter），或他們太忙時就直接放在顧客的桌上，所以，這工作叫「傳菜員」。一般大的餐館，週末、週日或「拜五」（星期五）都很忙，為了給顧客好的服務，會多用一個或兩個的「傳菜員」，顧客點的菜經大廚手起杓落地炒好後，就立即送到顧客眼前，菜熱且第一時間的，顧客自是吃得開心。尤其星期六晚是唐人餐館最重要的黃金時間，多一點點的支出，老闆是不會吝嗇的，何況，顧客多而忙碌之際，侍應生往往應接不暇，「這家餐館的服務不好！」這樣一傳出去的話，再加，中國人生活的圈子有多大呢，口碑不佳，全城皆知，後果可思半矣。「傳菜員」像後勤的補給，是有其實際而存在的價值。

到超級市場買了件白襯衫、黑色長褲，不知可以做多久，普普通通，便宜一點的就算了。星期六下午，穿上工作服，準備起行的一刻，不期然想到，以前那份職業是世俗裡的「高」，這份或許是不少人心中的「低」，人生的兜兜轉轉，有「高」有「低」，不也是一種無憾嗎？

「一陰一陽之謂道」，是可以放諸四海的。
「好就好吧。」心裡應和著經理的說話，瞧瞧他們是怎樣子的熱鬧？

餐館手記（之二）

所謂人情世故吧，第一天上班，不用說，該提早一點。開著車，眼睛向前凝視，腦海裡免不了盤算一下要來的工作，一切既陌生也帶點好奇，這該是十多二十年前，原有行業初出道時的一番心境，浮生若夢，移民而來的轉變間又像走回時光隧道，不同的是少了份怯怯，添了些歲月的滄桑。

四點半前就到了餐館，推門而進，內裡燈火未開人聲不響，大概是午市已過，晚飯未至的休息時段。在門旁站了片刻，開始斷斷續續地有人回來，穿旗袍的、白衫黑褲的、結領帶穿西裝的……

在此東南區來論，這是家頗有規模的唐人餐館，像婚宴之類的，十人一桌，可同一時間開三十多席，經營的日子應不短了，天花板吊懸著些傳統風味的燈飾，兩面牆壁掛了寫上書法的長形木板，面積不小，共八塊，黑色而油亮，聽說是出於老闆娘的手筆，想當日，即以這些來強調所謂的「中國風味」。五千年悠悠的歷史，不管精華或糟粕，隨便抓它一把以「騙」洋人，倒不是件難事。

餐堂經理回來後，即叫我先吸塵。跟我一起幹的是個看來應正在讀書的年輕人，大家分頭而做。今日是星期六，中午茶市的生意該很不錯，地上遺下了不少殘餘食物、紙屑、牙籤等等，這裡一點，那裡一片，靜靜地，待我們收拾。忽地，有人在旁說：

「喂，老友，食飯先。」（粵語的說法，即：「先吃飯」）

是P君，後來大家熟稔，聊起來才知道，彼此昔日是同行。

星期六的晚上，唐人餐館最重要的日子，正常的是滿滿的客人，星期一到星期五兼職的侍應生都儘量召了回來，廚房及餐堂的員工皆不敢怠慢，所以，所有員工加起來，晚飯要開四桌，且坐得密密的。旁人邊吃邊聊，說聲夾上笑聲，我則默然以對。

吃罷，餐堂經理就跟我說清楚每張桌子的桌號，然後，再提醒我：

「小心，不要搞錯！」

其他的在抽籤後各做他們應做的「side job」，像準備各類汁醬、抹乾淨湯匙叉子、擺好餐桌、清理酒吧，我則跟著別人把白色的毛巾摺好，那是給客人擦手拭嘴之用。

不久，顧客單單獨獨，或三五成群而來。

可以說，要來的，終於來了。

餐館手記（之三）

果然是星期六的晚上，「序曲」似的，先應付那一大堆坐著或站著正等買「外賣」的顧客，大多是洋人，春卷、炸雲吞、檸檬雞、菜牛、菜雞等等是他們的所愛，弄好了，倒進一個又一個透明的塑膠盒，讓他們一心意滿地拿回家。

客人來得七七八八，男女侍應生忙於招呼，這桌要這樣的酒那樣的水，旁的一桌則說臨時多了兩個要多加兩張椅子，自然地，又要多放兩份餐具，一切瑣瑣碎碎弄妥待喘下一口氣後，始問客人要吃甚麼？

「今天有甚麼好介紹？」

不管唐人洋人，很多時候都是如此的「開場白」。

「蟹多少錢一磅？龍蝦呢？」

先清楚一下價錢，有甚麼不對？對比之下，洋人對中國菜始終認識不深，就比較簡單容易。

「正式」開始了！廚房擠得熱熱鬧鬧，人聲鍋聲吆喝聲夾雜粗話聲，彼起此落。餐堂經理、侍應生進進出出，有人放下寫好的點菜紙就急回幾步之遙的餐堂，有人乾著急頻看顧客久等了的菜炒好了沒有？有人高喊剛才點的那道菜不要炒，因為那洋客人說要慢一點，要細斟淺酌。忽然，「哄」的一聲，爐頭的火光登時躍起，刹那間，把面頰都映得通紅，鍋裡的東西劈拍大響，廣東菜，吃的，就是如此的「鑊氣」。鬧鬧喧喧的，管它外面是怎樣的世界，今夜，是月圓月缺？要來的三、四個小時是今晚的高潮所在，也是老闆能否眉開眼笑的所在。

我端著兩碗「雞茸粟米羹」走上餐堂，頓時，走進了鼎沸的人海，那邊，嚷來了潮聲，這邊，又湧來了浪聲，都是呼呼滔滔的。小心看清楚，對準桌號，沒錯，靠牆的一張二人小桌，一對上了年紀的洋人夫婦，放下，他們禮貌地說聲：「Thank you」。與「老槍手」一比，我是差得遠了，他們兩手起碼可以拿三碟菜，這些都是不能不等歲月的磨練。想來，那兩碗粟米羹，那對洋夫婦竟是我「餐館生涯」的「初戀」，只是並不見得浪漫、甜蜜。

一個晚上，餐館的「生死」全看幾個小時左右的生意，十時多之後，墨爾本外面的大環境早就靜寂，這裡小環境的聲量也漸漸擰低，十一點過後，人聲如潮水退去，留下桌上狼藉的杯碟，我們帶著疲累，提起最後的精神，殘局要整理整理，然後，舒舒服服地吃消夜。

回家睡個大覺，明天會更好。

餐館手記（之四）

第一晚的工作隨著吃了消夜而結束，領了工資，餐堂經理對我說：「謝謝，下一次的更期還沒有定，到時候再跟你聯絡。」

中秋節快到，該又是唐人餐館的重要時刻，但一直都沒有接到他的電話，大概這一曲只唱一次而已。中秋過後的某一晚，正想就寢之際，忽然，電話響起，是他，他在那頭說：「我是××的Ricky，明天早上行不行？可以的話，明天早上十點前回來。」

想不到這一回的「急召」竟使我的「餐館生涯」延續至今。後來才知，因為有人臨時「放飛機」，本是要開工的，卻突然來了電話，找了個理由，說有事不能來，或甚至，當如自己已在人間蒸發，人影也不見了，所以，那日的工作是縫隙裡漏到我手。餐堂經理掌中有不少人選，江湖一點的，叫「兄弟」也好，「手足」也罷，隨時調動，靈活搭配。

這天，是星期天的早上，早上的「飲茶」。所謂「文化交流」，不是一朝一夕的事，不可能一蹴而就，倒是層次低一點的吃喝玩樂，一看就會，一吃就共鳴，像「Yum Cha」便是，這原是廣東人的一種飲食習慣，再加歷史因由，每人的口腹之慾等等，不斷流傳相遞，在海外歷久不衰，由粵音直譯，竟成了英文字典裡洋人唸得鏗鏘有聲的「新詞」，恍兮惚兮，不少洋人「飲茶」的當下，蝦餃燒賣的品嘗中，算是認識「中國文化」之始吧。

閒話休提，十時前回到了餐館，又是一輪事前的工作。與晚飯不同，茶市是需要推點心的「姊妹」，以這家較大型為例，星期六、星期日，起碼要十三、四人，遇到耶誕節、新年元旦、農曆年等更是加添人手。始終是「異域」，當然，是有異於來處的香港，在香港，清早六時多已坐了不少早客，因地制宜，墨爾本呢，平時開十二點，假日、週末早一些，十一點開門迎客。

這個早上，我們早飯還沒吃完，門外已站了很多客人。

餐館手記（之五）

那晚，一位白髮蒼蒼的唐人，帶了四、五位洋人來吃晚飯。點了菜，我們聊上幾句，他依然是鄉音無改的「台山」腔調，問我：

「來了幾年？」

「五年多一點點，你呢？」

「你猜猜。」他微笑地說。

「二十年？」「三十年？」我一猜再猜。

他終於揭開謎底：

「你的十倍。」

五十年！幾乎是我剛剛哇哇墮地，他就飄洋過海了，到底是甚麼原因，當日，幽幽渺渺的澳洲是怎樣地把他「吸」了過來？五十年前，他告訴我，那時，全校只有他是唯一的中國人，也成為所有好奇的焦點，吃「唐菜」嗎？飲「廣東茶」嗎？要說，故事很長很長啊，從何說起？若想好好說完，總得要幾個晚上的秉燭夜談。

他點的菜上桌了，放下閒話，我立即問他們：「筷子？還是湯匙叉子？」

輪到問他身旁的一位洋婦人時，他聲音宏亮且乾脆俐落地向著我說：「用筷子就可以了，她跟了我幾十年，甚麼都學會。」

好一句「跟了我幾十年」，是最使我動容。那早已消逝無聲的歲月裡，異國情緣，或許，是有不少的阻力，是別人眼裡異樣的目光，不過，他們都年輕，他們都努力面對，流水似的日子，流成了累積起來的今天，夫妻間有甚麼互不清楚有甚麼互不了解？夫唱婦隨，就以筷子為起點吧！一個平凡的晚上，一頓唐人餐館的普通晚飯，一個陌生的食客，一則世上簡單的劇情，內容呢，牽起多少的聯想，唏噓裡卻是令人愉悅的結尾。

星期日的茶市，走過一張四人的桌子時，那黑頭髮的女士招手問我：「有沒有艇仔粥？」是地道的香港口音。

是一家四口，洋人的丈夫加兩個小男孩。

趁不是很忙，大家聊一聊。

「很喜歡艇仔粥？」

「是呀。」

一扯到這點，她的話像水的傾盆而下：「剛來墨爾本的時候，對，二十多年前，要吃這樣子的粥就艱難了，甚至，可以說是不可能，現在，方便了，味道也不錯。」

本來，是推點心的「阿姐」負責的，我卻神經兮兮，趕快替她端了一碗過來，也像有默契地只放在她面前，因為如此的鄉愁，只能由她一人獨享，丈夫及兩小孩該是無動於衷的。

看她慢慢吃著，我內心竟湧起點悅意來，彷彿，幫了別人甚麼似的。

餐館手記（之六）

上個禮拜六像平常的情況一樣，是忙碌的晚上，負責三張大桌子，坐得滿滿的十人一桌，還好，顧客先後而來，若是同一時間的話，就免不了要加更快的步伐。

其中二十人是同一夥，分坐成兩桌，一桌是大人，另一桌是小孩，聽他們的口音該是來自馬來西亞的華人，大人那桌有兩位洋人，一男一女，小孩那桌則看到三個混血兒。

除了幾個較年長的會說一點廣東話外，其他全是以英語交談，小孩呢，那還用問嗎？他們點的是「中式套餐」，地道的中國口味，有蟹有游水魚。

這已不是甚麼大驚小怪的某種典型了，生活在以英語為主流的國度裡。上一代，還可以說說「家鄉話」，年輕一輩，則要看家裡了，不著意的話，不過就是單字單音罷了。或許，有些嫁的娶的都不是「自己人」，所謂「中國」不過是外國的一塊地方而已。

小孩更不用說，一張開嘴巴，便很邏輯性地以排山倒海的英語談得口沫橫飛，而且，重重的澳洲腔調，談飲食，很可能，唐人餐館並不是他們心目中的首選。

每每，見到如此的情況，自己，唉，總神經質似地想找回一個甚麼的「中國」來，一個遙遠的「圖騰」嗎？要認同？認同甚麼東西呢？即使故土，即使神州大地，曾經，把自己的文化命脈砍得遍體鱗傷，如今，我們的故有文化已火浴鳳凰了？我又何必苛責於眼前，何必期待於眼前，人家只想一頓可口的中國菜，舉杯，眾人歡笑，一口嚼下，很好，清蒸魚，時間恰恰好，嫩而滑，下次再來訂位。

對，他們吃得差不多了，該收拾一下，然後，水果盤、紅豆沙糖水擺上桌。

最後，他們揚手一叫：「bill」。

離去之際，我說聲謝謝。今晚，很好、很好，「無驚無險，又到十一點。」

餐館手記（之七）

星期五晚上依往常般回到餐館。一看訂位的簿子才告訴自己，原來是端陽佳節啊！

簿子上清清楚楚地寫著：「今日端午節。」

始終是中國人吧，今晚訂位的以唐人居多，不少是懷著過節的心情，吃頓飯來聊表心意。「故鄉情」、「中國心」，只不過是我們這一代的難捨難離，下一代呢？「賽龍奪錦」是幹甚麼的？他們不知，也沒有一番熱情去問個究竟。

身在「番邦」，唉，我們不少人拿的都是澳洲護照，多矛盾又多委婉，如此說來，澳洲算是「異域」嗎？農曆年、中秋節是比較容易知道的日子，因為有利可圖，跟做生意直接掛上了勾，即使日子未到，醒目的廣告已映耀在你眼前，端午節，怎能跟中秋節相比，別的不談，即以唐人餐館為例，中秋節，至少有月餅這賣點，既可整盒出售，也可切一點點，作為飯後甜品，讓顧客開開心心。粽子，可會搞出怎樣別緻的花樣來呢？

唐人客大多是一家幾口，或朋友相約一起來。禮貌地笑問：

「今晚來過節？」

「是啊，一年一度，意思意思嘛。」

這陣子螃蟹的價錢不貴，只十多元一磅，不少人都點了薑葱蟹加生麵底。賞菊花、啖肥蟹、嚼蛇羹，當然不會是我們遙遙的來處的季節，時空不同，遠方的親戚朋友正暢游「龍舟水」，欲去暑行運，我們這邊卻是秋意已盡冬臨大地的時候，大家同在一個天空之下，但地理有殊，只願大家各隨不同的節氣而好好生活。

放工回家，迎我的是無月的雨紛紛，我開著車也想著鑼鼓喧天的競賽，但除了高高興興的「國際龍舟比賽」外，還會有甚麼？對，還有屈大夫，屈大夫悲憤的一躍，可是，故事早已褪了色，有誰記懷？唉，詩人原就是寂寂寞寞，「詩人節」的冷冷清清，是可以想像及理解的。

餐館手記（之八）

很多顧客會帶生日蛋糕來，那是因為他們親友中有人生日。當然，這也是免費的服務之一，餐館接過蛋糕，把它放進冰箱，待顧客吃完，收拾好桌上的雜雜亂亂，跟著，蛋糕拿出來，一番的「世俗情」後，替顧客切蛋糕、分蛋糕，先給主角，其他的，順序也可隨意也可，大家開開心心，到此，這一晚的「生日快樂」便圓滿落幕。

這些叫「玩意」亦好，叫「儀式」亦罷，似乎還是西方人比較投入，他們會齊聲高唱、鼓掌，弄得滿堂熱熱烈烈，甚至，不是自己的親友，是另一桌的不相識，只是今晚的偶然相遇，但一聽到餐堂播出「生日歌」，他們會隨聲附和，雖然不過是為人作嫁衣裳，卻臉不改容，毫不吝惜地替別人增添歡樂。

一比之下，咱們唐人就有所不逮，唱起來總是不夠放，怯怯羞羞，難道，這始終是「舶來品」，不是我們的「國粹」？說點題外話，年輕時讀過一篇文章，是說一個德國默劇演員在台灣演出，某回，團裡的一位中國青年生日，這德國人心想，也好，看看你們中國人是怎樣慶祝生日的？誰知，蛋糕推出來，洋燭一點，還是那首：「Happy birthday to you……」這德國人納悶地自語：「這是我們的東西啊，你們自己的呢？」

旁人或說，甚麼時代了，生日就是生日，扯上甚麼文化的大問題，這早已是國際化了。然而，心底裡，我仍認為，我們對此還是有所「隔」，還是未能「心意合一」。

不少唐人的生日蛋糕是在唐人餅店現買或訂做，跟在香港所見的並無多大差別，尤其餅上的中文字、上下款的姓名、祝壽語等等，錯覺間還以為身在中國人的社會裡，當然，價錢不便宜，起碼二、三十元一個。

那天晚上，其中的一桌是四個年輕洋人，一人「牛二」（生日），三人為他慶祝。他們吃完了每人二十塊半的「套餐」後，我就準備一下他們帶來的生日蛋糕，從冰箱拿出來，一看，甚麼？不是「特製」，也不是名牌，只是某超級市場自做的現成貨，再細看，旁邊還貼著價錢：「$3.95」（特價），我不覺失笑起來，以我們人多數人眼中的標準來說，這絕對是叫「寒酸」。與平常的做法一樣，點洋燭、播歌，頓時，全場的氣氛高漲，大家都跟著唱。把蛋糕分給他們時，他們吃得挺開心，全無「不安」的神情，大談大笑，不憂不慮。

快樂一定與「貴」成正比？越如此才越快樂？誰說的？

餐館手記（之九）

又是節日的重要時刻。

早已知道是忙碌的一個晚上，回到餐館一看，自己負責的桌子，有好幾張是肯定要做兩輪，舉個例，同一張桌子，一批客人訂的是六點半，之後呢？八點鐘又會來另一批。

不管得那麼多了，兵來將擋，見招拆招就算了，反正忙忙碌碌也好，清清閒閒也罷，都是一個晚上，把它視之為「單位」，一個「單位」而已，不就是心理上先贏了一仗嗎？當然，手腳要快一點，太極拳最高之點是以「意」來打，我借此為用，今晚，由「意」帶我跑上跑下吧！何況，即使馬不停蹄，即使氣呼呼，頂多三幾個小時左右，人生雖說匆匆，也該有幾十年，相互一比，一百八十多分鐘的時間又算得甚麼？

一些老行尊胡扯說笑時常言：

「我們這一行就是如此，是別人的快樂築在我們身上，不是嗎？過時過節，甚至除夕的團年飯，人家全家人快快樂樂地吃飯，我們呢？越是這樣的日子，我們越無法留在家裡，唉……」

是耶？非耶？這行，我中年後始濫竽充數，既淺且薄，不敢置喙。

來的是一家大小居多，而且是唐人天下，洋客人並不見得怎樣的熱鬧，不錯，是中國人的節日啊，圓月皎皎的中秋節。有位朋友說過：

「你不知啦，同一天同一時間大家擠在一起才夠思意，才似過節，尤其在洋人的地方。」

的確，今晚，小桌子不多，十人以上的佔了七、八成，且來得早，一批接一批，扶老攜幼，好不高興，海峽兩岸的風風雨雨，台灣的大地震，這些、這些，暫且擱下，吃喝談笑是今夜的主題。「露從今夜白，月是故鄉明」，是詩，是詩人的情懷，與大多數的顧客無關，不是詩的年代，他們不一定會知道這兩句，不一定著意外面的月是否令人遐思，套餐的菜式與價錢如何，才受大家的關注。差不多了，送上水果糖水，再加應節的「蛋黃蓮蓉」月餅，一放在桌上，換來大家的「驚」叫：

「好！這才像過節嘛。」

「吃點月餅才有氣氛。」

有位「馬拉」口音的老兄問我：「這是香港著名的××月餅嗎？」

我回答：「大概可能應該吧！」

語畢，大家相視大笑。

吃完消夜已經是深夜的十二時多，不對，是第二天的凌晨了。回家路上，望望車外的那輪明月，千古以來的今夜，格外的一丸清輝，宇宙的天長地久，人間歷史的興興亡亡，凡夫的我想來幹甚麼，對，想到了，又是我的農曆生日，人又老了 歲。

餐館手記（之十）

今晚將是熱哄哄、忙忙碌碌的，因為有二十多三十席的結婚宴。

新娘是越南華人，新郎則是洋人。

也該是一段歷史吧，當年，千辛萬苦，歷盡艱險地來到澳洲，如今，下一代已成長，且將為人妻，胸臆間不可能沒有半點感懷，但滿堂高興的賓客，說笑吃喝裡有誰這麼掃興，還要撩撥起已冷卻的歷史灰燼？大概，女家的父母仍不忘故國，揀上唐人餐館，吃的是傳統那一道又一道的菜式，由拼盤到最後的甜品美點，跟香港的婚宴有何分別？

門口處，來賓簽名的桌上，擺了塊極其「中國文化」的鮮紅絹布，繡著龍鳳及醒目的四個字：「嘉賓題名」，下面寫滿了字簽滿了名，有直行的中文，有橫寫的英語，中西混合一如眼前的婚姻，有容乃大，也祝他們幸福愉快。

到底是文化有異，即以吃而言，甚麼「鮑片」、「清蒸游水魚」，不少洋客人淺嘗便止，甚至動也不動地把它放回桌上的轉盤，待我們一一收拾，倒是紅酒白酒開了一瓶再一瓶。桌旁是臨時用木板鋪成的「舞池」，主人家請了兩個負責音響、搞氣氛的專業人士。音樂一起，民族性的不同即略見一斑，似乎，我們始終帶點「憂患意識」的民族，相比下，不若洋人那種「吃飽飲醉才算」的作風，他們不管甚麼，不分男女，無論老幼，手舞足蹈，跳得既陶醉又自得，沸沸騰騰，全場的氣氛頓時火熱，流行曲一首又一首，人人熱情亢奮，只要一點火，情緒馬上可以燃燒起來。

經驗告訴，做侍應的，這種婚宴的工作並不怎樣難做，不用控制出餐的時間，不必擔憂漏掉客人所點的菜，這一切，餐堂「大佬」自會安排，我們只是分餐，收碗碟，再放碗碟以準備下一道菜。何況，幾道菜之後，跳舞的跳舞，聊天的聊天，很多時候，我們只隨便分一點而已。

比我們預料中好得多，十一點半過後，不少客人已漸離去，我們開始善後的工作，也擺好明早茶市的擺設，角落處坐著幾個較年輕的洋客人，他們仍喝酒笑說，這情形，已見得多了，沒有甚麼，我們就先吃消夜，其他的，自會迎刃而解。

餐館手記（之十一）

有點出乎意料之外。

原以為千禧年來臨的除夕，一定忙得氣也喘不過來，沒錯，去年是忙得團團轉轉，最後幾乎是「賓主盡歡」的收場，我們也跟客人一齊起歌共樂。

今年呢？

有人說，算了吧，附近其他唐人餐館的生意也好不到哪裡去，另亦有人認為，因為今年比較特別，像城裡大放煙花，免費的公共交通工具等等，當然會「搶」去了不少老百姓，尤其好動愛熱鬧的年輕人。

看來，事實確如此，訂位的洋人差不全是上了年紀，或是夫妻倆，或是一眾親朋戚友。老闆把餐堂分作兩部分，一部分皆是唐人食客，或是吃散餐的洋人。另一部分呢？就留給訂座吃「套餐」的洋人，也請來了樂隊助慶，洋人邊吃邊欣賞音樂，或走出來跳跳舞，如此的送舊迎新，睜著眼看世紀的交替，新舊世代接棒的一刻都給見證了，人生若何，難道不是一件樂事嗎？

等著、等著，高潮終於來了。

雖與往年相比，人數是少了，但仍無礙大家熱熱切切的那顆心，眾人勃勃的興致。音樂停了下來，樂隊的一位成員說：

「請看看大家腕上的錶吧，好，預備，一起倒數，十、九、八、七、六、五、四、三、二、一……」

最後的「一」字一結束，最火爆的歡呼聲便自眾人的嘴巴一衝而出，隨處是「Happy new year」的祝福聲。我們是「局外人」，站在侍應生的立場，但站在同一個年代，四海之內，皆兄弟也，皆姊妹也，我們也彼此互祝一番，這「我們」包括幹活的「兄弟」，包括用餐的顧客。霎時，外面傳來陣陣汽車的響按聲，年輕的Simon似甚有感慨地說：

「真是的，千禧年就是千禧年，硬有點不同！」

今晚的更期有兩種，晚來上班的留守至最後，等所有的客人滿懷悅意地離去，如往常的可以在正常的時間打烊回家。我是「如往常」的，開著車，偶爾，看到一點點小型的煙花，是年輕人是小孩子的玩意吧，告訴自己，新的世紀翩然而來，我該何去何從？未來，是舉世濁濁？是海晏河清？無風的晚上，朗朗的夜空，我問誰？問口水濺濺的政客？問不肯洩露半點風聲的蒼天？

回到家，一開電視，果然，城裡喜氣洋洋，燈火燦亮，未來的歲月，我們就大步跨上。

餐館手記（之十二）

「甚麼時候舞獅？」

不少客人都這樣問。

滿堂熱鬧，當然，是唐人居多，到底是中國人的農曆新年，且是龍年的大年初一，不少客人是想藉一頓晚飯來感受一點過年的氣氛，在人家的地方，這是「沒辦法中的辦法」嗎？落在今天，主流社會是知道今年是「Year of dragon」，但背後的文化傳統，又該從何說起？

大多是十幾人一桌，看似一家人，有說「家鄉話」的長者，有只懂「番文」不曉「唐文」的下一代，今夜的新年晚飯，除了甚麼的「大展鴻圖」、「年年有餘」、「笑口常開」等等應時菜式的吃喝外，是上一代情懷的流露，都希望年輕的能接近一下中國，那到底是中國的甚麼東西呢？真是一言難盡，不再言了，何況，大家是來看舞獅的。

終於，獅子來了。鼓聲一響立即成為了焦點，把所有的視線都搶了過去，兩頭醒獅，一金黃，一金紅，極傳統的喜慶色彩，在桌與桌間隨鼓聲而一起一伏地左舞右舞，很多客人紛紛把紅包丟入獅子的口裡，或故意引撥，讓舞獅子的儘量地表演點技巧，開心處，惹來眾人的歡笑。最高潮一幕的「採青」來了，一個紮好的生菜連著一封紅包，高高凌空地吊在天花板下面，怎樣「採」呢？只見舞獅頭的雙腳踩在舞獅尾的兩腿上，然後，舞幾下，跟著，兩手一舉，直直一伸，就正對著那「青」，看，快手一出一擒，牛菜及紅包就即時被扯了下來，大家屏息的凝視中，霎時，喝采及掌聲爆起，舞獅頭的跳下，再舞一陣子，終於，把揉爛了的生菜吐出來，最後，獅子向大家鞠躬賀歲，不長不短的過程，到此，劃上句號。

我們也停下來欣賞，很多客人用照相機、手機捕捉了心愛的鏡頭。似乎，舞獅已成了海外華人過年的「代表」，獅子一舞，鑼鼓一起，不管從哪裡來的中國人，不管說甚麼話的唐人，一種無以名之的情懷馬上被扯動起來，剎那間一股「認同」感便油然而生。

舞獅，就等同於「中國文化」？舞獅的背後應有「形而上」的甚麼的，只是，芸芸眾生，有誰理會？今夜，吃了，看了，肚飽意足，等明年吧。鼓聲漸隱漸去，很多桌的客人都「埋單」走了，對他們來說，驟然間有點「失落」，即使仍留下的也覺好戲已結束，餘音裡有點闌珊。

龍年翩然而臨，「龍馬精神」、「萬事如意」，這都是紅塵裡大家所喜歡的。

餐館手記（之十三）

是大家樂一樂的星期日晚上。

每年都如此，今年是第四年了，也即是說，這餐館開了四年，此時此刻，對手林立，要經營得好，要能賺錢，確是不容易，以前，你可能是獨家，今時今日，只要有些微利潤可圖，咱們中國人啊，頭腦何其靈活，紛紛地，大家都想分一杯羹，環顧近處及不算遠的遠處，人人磨拳擦掌，中原逐鹿，有成有敗，有幸有不幸。

最近，這一區就多了三家，其中兩家由中午的午飯直到深夜兩點的消夜，食客呢？不可能是天外來客，來來去去還不是相熟的那一群，怎樣爭取他們的青睞，腦筋確要大傷，有人大事宣傳，要送免費的甚麼，有人高叫打「九折」、「八五折」，有人則「搞搞新意思」，大家相互擠在狹狹的生存空間，只能說，優勝劣敗，也是合理的遊戲吧。

身為伙計的我們，踏上同一條船，雖不是老闆，也望它是順風順水，平靜的微風細浪裡大家起碼有活可幹，不管長工也好，兼職也罷，何況，不少人幹了好幾年，一切都適應都習慣，做起來彼此有默契，不然的話，便要像無根的浮萍，東飄西盪，追南逐北了。但世事無絕對，亦有人喜歡「巡迴演出」地從這家到那家，又回過頭來由那家返回這家。

每年，都是選在六月裡某個星期日的晚上，餐館是四年前六月中旬開張的，確實的日期，我也忘了，至於星期日的晚上，因為顧客大多吃完就走，很少留下來談天說地，第二天，大人要上班，小孩要上學，一般來說，十點後，曲已終，人也散得八、九成了。

一若往年，共四桌，雖平時在老闆背後，做伙計的，誰不自以為是地說其是是非非，但今夜，老闆確是有他的一份心意，菜式不差即為明證，魚翅、龍蝦、乳豬都有，大家高談闊笑，舉杯豪飲，平日偶然的一些小衝突，就在一笑一喝的碰杯間化作雲煙吧，未來的，也暫且擱下，倘若醉便醉在今宵。是的，大家生活在澳洲，或是來處有異，卻同一的天空，眼睛，就齊往前看。

最高興的環節，莫如抽獎（摸彩），人人有份，絕不落空，這玩意永受歡迎，也是熱熱鬧鬧中的高潮。跟著，賭，不，不，是「耍樂」，理所當然地與吃喝「相伴」，由「排九」、麻將、到「魚、蝦、蟹」，式式俱備，能無傷大雅的「小樂」，就當作是生活上的一些點綴好了。

我走時已快十二點，留下眾人高高興興裡的吆喝聲。

語言文學類　PG1796　秀文學10

文字，我的另一種存在

作　　者／渡　渡
責任編輯／辛秉學
圖文排版／楊家齊
封面設計／蔡瑋筠

發 行 人／宋政坤
法律顧問／毛國樑　律師
出版發行／秀威資訊科技股份有限公司
114台北市內湖區瑞光路76巷65號1樓
電話：+886-2-2796-3638　傳真：+886-2-2796-1377
http://www.showwe.com.tw
劃撥帳號／19563868　戶名：秀威資訊科技股份有限公司
讀者服務信箱：service@showwe.com.tw
展售門市／國家書店（松江門市）
104台北市中山區松江路209號1樓
電話：+886-2-2518-0207　傳真：+886-2-2518-0778
網路訂購／秀威網路書店：http://store.showwe.tw
國家網路書店：http://www.govbooks.com.tw

2017年12月　BOD一版
定價：360元

國家圖書館出版品預行編目

文字,我的另一種存在 / 渡渡著. -- 一版. -- 臺北
市 : 秀威資訊科技, 2017.12
面； 公分
BOD版
ISBN 978-986-326-465-1(平裝)

855 106015289

讀者回函卡

感謝您購買本書，為提升服務品質，請填妥以下資料，將讀者回函卡直接寄回或傳真本公司，收到您的寶貴意見後，我們會收藏記錄及檢討，謝謝！

如您需要了解本公司最新出版書目、購書優惠或企劃活動，歡迎您上網查詢或下載相關資料：http:// www.showwe.com.tw

您購買的書名：____________________

出生日期：_______年_______月_______日

學歷：□高中（含）以下　□大專　□研究所（含）以上

職業：□製造業　□金融業　□資訊業　□軍警　□傳播業　□自由業

　　　□服務業　□公務員　□教職　□學生　□家管　□其它____

購書地點：□網路書店　□實體書店　□書展　□郵購　□贈閱　□其他

您從何得知本書的消息？

□網路書店　□實體書店　□網路搜尋　□電子報　□書訊　□雜誌

□傳播媒體　□親友推薦　□網站推薦　□部落格　□其他________

您對本書的評價：（請填代號　1.非常滿意　2.滿意　3.尚可　4.再改進）

封面設計____　版面編排____　內容____　文／譯筆____　價格____

讀完書後您覺得：

□很有收穫　□有收穫　□收穫不多　□沒收穫

對我們的建議：____________________

請貼
郵票

11466
台北市內湖區瑞光路 76 巷 65 號 1 樓
秀威資訊科技股份有限公司 收
BOD 數位出版事業部

（請沿線對折寄回，謝謝！）

姓　　名：＿＿＿＿＿＿＿＿＿＿　年齡：＿＿＿＿　性別：□女　□男

郵遞區號：□□□□□

地　　址：＿＿＿＿＿＿＿＿＿＿＿＿＿＿＿＿＿＿＿＿＿＿＿＿

聯絡電話：(日) ＿＿＿＿＿＿＿＿＿＿＿＿ (夜) ＿＿＿＿＿＿＿＿＿＿＿＿

E-mail：＿＿＿＿＿＿＿＿＿＿＿＿＿＿＿＿＿＿＿＿＿＿＿＿